# GRANAIDH AFRAGA

# GRANAIDH AFRAGA

## MÒRAG ANNA NICNÈILL

Riaghladair Carthannas na h-Alba
Carthannas Clàraichte/
Registered Charity SC047866

A' chiad foillseachadh ann an 2017 le Acair Earranta,
An Tosgan, Rathad Shìophoirt, Steòrnabhagh, Eilean Leòdhais HS1 2SD

An dàrna foillseachadh ann an 2019 le Acair

www.acairbooks.com
info@acairbooks.com

Tha còraichean moralta an ùghdair/dealbhaiche air an daingneachadh.

An dealbh-còmhdaich le Eilidh Muldoon
Dealbhachadh an teacsa le Mairead Anna NicLeòid

Gheibhear clàr catalogaidh airson an leabhair seo
bho Leabharlann Bhreatainn.

Chuidich Comhairle nan Leabhraichean am foillsichear
le cosgaisean an leabhair seo.

Tha Acair a' faighinn taic bho Bhòrd na Gàidhlig.

Clò-bhuailte le Hussar Books, A' Phòlainn

ISBN/LAGE  978-0-86152-431-0

# Clàr-innse

Bha Fionnlagh Beag Fearghastan gu bhith dusan
bliadhna a dh'aois nuair a fhuair e a-mach gun robh
a sheanmhair caran annasach. Uill, a dh'innse na
fìrinne, cha b' ann *caran* annasach a bha i. Cha
b' ann *rud beag* iongantach a bha i na bu mhotha.
Bha i *gu tur* eadar-dhealaichte bho ghranaidhean
àbhaisteach. 'Sònraichte', thuirt a mhàthair.
'Neònach', thuirt athair. (B' e màthair Mam a
bh' innte.)

Agus na bu neònaiche buileach, cha robh
Fionnlagh Beag air a faicinn riamh na bheatha.
Ged a bha e còig troighean is trì òirlich a dh'àirde,

le meud a ceithir ann am brògan is e air a' chiad
bhliadhna san àrd-sgoil, cha robh e idir air tachairt
ri sheanmhair.  An robh i a' fuireach ann an
Astràilia?  Cha robh.  An robh an teaghlach air a
dhol a-mach air a chèile?  Cha b' e càil mar sin a bu
choireach…

Cha robh sgeul oirre.  Cha robh càil a dh'fhios
aca càit an robh i oir bha i air falbh aon latha agus
cha robh i air tilleadh.  'Tha i air a dhol AWOL,'
thuirt Dad.

'S ann ainneamh a bhruidhneadh màthair
Fhionnlaigh Bhig oirre, ged a b' e a màthair fhèin
a bh' innte.  Gach turas a dh'fhaighnicheadh e mu
sheanmhair, thòisicheadh i a' bruidhinn air rudeigin
eile, ag ràdh gun robh coltas an uisge oirre, no nach
robh bainne anns a' frids, no gun robh e feumach air
cliop.

Ach aon latha is iad shìos air an tràigh, dh'inns
i dha gun robh a sheanmhair air a dhol cuairt a
dh'Afraga bho chionn grunn bhliadhnaichean agus
nach robh i air tilleadh.  Thuirt a mhàthair gum
biodh i a' falbh gu àiteachan fad air falbh gu math
tric.  Aon turas – dh'inns i dha – nuair a bha i fhèin
beag, thug i ceithir bliadhna ann an Iapan.  Bha deich
bliadhna is sia mìosan a-nis bho chaidh i a dh'Afraga

agus cha robh iad air guth a chluinntinn bhuaipe bhon uair sin.

Bha Fionnlagh Beag a' dèanamh dealbh na inntinn air cailleach bheag shunndach a' falbh am measg nan craobhan, i air a losgadh donn leis a' ghrèin agus i air chall. Deise uaine oirre agus claidheamh geur aice na làimh. Uaireannan eile, chitheadh e leòmhann fiadhaich a' ruith a theangaidh tarsaing air fhiaclan, e a' dèanamh brùchd mòr uabhasach is e air Granaidh bhochd ithe.

Bha a charaidean anns an sgoil gu math farmadach nuair a bhruidhneadh e air Granaidh. Bhiodh e an-còmhnaidh ag innse dhaibh mun chaillich nach fhaca e riamh, ag ràdh riutha gun robh i a' cur chairtean-puist thuige làn naidheachdan inntinneach bho gach ceàrnaidh de mhòr-thìr eireachdail Afraga. Sgeulachdan air a cuid dànachd, agus i a' sabaid fhiadh-bheathaichean cunnartach nan raointean-feòir. Cha robh seachdain, chanadh e riutha gu moiteil, nach biodh rudeigin aig a' phost dha à Gàna, às a' Chongo no à Poblachd Shudan.

Bha na balaich eile ga chreidsinn, gu h-àraid Calum Dan, an caraid a b' fheàrr a bh' aige. Bhiodh esan ag èisteachd gu cùramach ris a h-uile facal, a shùilean a' fàs mòr le iongnadh is e a' miannachadh

gun robh a dhà sheanmhair fhèin na bu choltaiche
ris a' chaillich ghaisgeil seo. Cha bhiodh iadsan ach
a' dèanamh sgonaichean is a' leughadh a' Ghasaet.

Bha dà ghranaidh aig Fionnlagh Beag cuideachd.
Bha Granaidh a' Chnuic a' fuireach ann am bungalo
beag aig ceann shuas a' bhaile leatha fhèin. Bhiodh
e a' tadhal oirre gu math tric agus bhiodh ise
a' tighinn sìos gu a dinnear Là na Sàbaid. Cha robh
càil annasach mu dheidhinn Granaidh a' Chnuic.
Bhiodh i a' sgùradh 's a' glanadh, a' còcaireachd
's a' fuine, a' fighe stocainnean 's a' dèanamh silidh,
a' dol dhan eaglais agus a' toirt dha suiteis a h-uile
turas a chitheadh i e. Bha Granaidh a' Chnuic
coltach ri mìle seanmhair eile san dùthaich.

Agus ged a bha gaol a chridhe aige air Granaidh
a' Chnuic, bha Fionnlagh Beag a' miannachadh
gun tilleadh 'Granaidh Afraga', mar a bh' aige oirre
na inntinn. Cha robh fiù 's dealbh aige dhith,
agus 's iomadh turas a thuit e na chadal ag ùrnaigh
gum biodh i roimhe nuair a dhùisgeadh e anns
a' mhadainn. Chuir e seachad uairean a thìde de
bheatha ag aisling air Granaidh Afraga.

# 2

Bha Fionnlagh Beag air a bhith a' cluiche ball-coise còmhla ri Calum Dan às dèidh na sgoile agus bha e a-nis ga tholladh leis an acras. Bha e an dòchas gum biodh an dinnear deiseil agus gur e rudeigin math a bhiodh aca.

Ruith e a-steach dhan chidsin, a' sadail a bhaga-sgoile dhan oisean agus a' cath dheth a bhrògan salach aig an aon àm. B' ann an uair sin a mhothaich e nach robh càil a choltas dinneireach air an àite – agus a chunnaic e rud eile a thug air stad.

Am meadhan an làir, bha poca mòr canabhais mar a bhiodh aig na seòladairean bho chionn fhada, coltas caran robach air agus e air a cheangal gu cùramach le sreang uaine. Ri thaobh, bha dà bhaga na bu lugha air an dèanamh de chraiceann ainmhidh mar liopard no tìgear, agus an tacsa a' bhalla bha slat-iasgaich fhiodha agus gunna mòr fada a bha a' meirgeadh leis an aois.

Chluinneadh Fionnlagh Beag còmhradh a' tighinn às an rùm-shuidhe agus dh'aithnich e nach b' ann ri athair a bha a mhàthair a' bruidhinn. Bhiodh esan fhathast anns an sgoil còmhla ris na tidsearan eile aig a' choinneimh sheachdain aca. Cha bhiodh e deiseil gu leth-uair an dèidh sia agus gu math tric dh'itheadh e a bhiadh leis fhèin nuair a thigeadh e dhachaigh. B' e peantair a bha na mhàthair, agus bha stiùidio aice ann an ceann shìos an taighe, far am biodh i a' cur seachad uairean a thìde leatha fhèin ag obair.

Ach cò bha bruidhinn ri Mamaidh an-dràsta?

Nuair a nochd e anns an doras, theab e tuiteam. Bha a mhàthair na suidhe air an t-sòfa agus coltas draghail air a h-aodann. Anns an t-sèithear ri taobh an teine, bha cailleach bheag neònach air an robh còta fada dubh, i a' smocadh pìob shalach às an robh ceò thiugh a' dòrtadh. Cha robh fios aig Fionnlagh Beag dè chanadh e.

Thionndaidh iad ga ionnsaigh nuair a thàinig e a-steach, agus mu dheireadh thuirt a mhàthair, "Fhionnlaigh, trobhad a-steach. Seo do sheanmhair, mo mhàthair. Do ghranaidh eile."

*Granaidh Afraga!* thuirt Fionnlagh Beag ris fhèin le toileachas na chridhe, ach an uair sin thug e sùil eile air a' chreutair a bha na suidhe ann an sèithear athar, agus b' ann le briseadh-dùil a dh'aithnich e nach robh i idir mar an dealbh a bh' aige oirre na inntinn.

Chan fhaca e riamh na bheatha creutair cho grànda ris a' chaillich a bha a-nis ga gheur-amharc le sgraing air a h-aodann. Chath i smugaid dhan teine agus smèid i ris tighinn a-nall.

"Thig an seo ach am faic mi thu," thuirt i ann an guth sgreuchail a chuir gaoir tro fheòil. "Nach tu tha beag meanbh, a bhalaich! Trobhad a-nall."

Rinn i lasgan oillteil a chuir uabhas a bheatha air Fionnlagh Beag. Thug e sùil air a mhàthair, ach bha ise a' coimhead sìos air a làmhan a bha paisgte na h-uchd. Bha coltas iomagaineach air a gnùis.

"Trobhad," lean a' chailleach bheag oirre. "Thig an seo ach an toir thu pòg do Ghranaidh!"

Rinn i gàire chruaidh eile, agus mhothaich

Fionnlagh nach robh mòran coltas bruisigidh air a
fiaclan mòra buidhe.

Mu dheireadh, choisich e a-null ga h-ionnsaigh
air a shocair. Gu cabhagach agus le a dhà shùil
dùinte, shuath e a bhilean ri taobh a h-aodainn.
Leum e air ais cho luath 's a rinn e car riamh, e
a' gòmadaich agus a' feuchainn gun cur a-mach.

Bha a bus cho cruaidh 's cho glas ri seann
chrogall agus mhothaich e gun robh ròineagan
beaga biorach a' fàs air a smiogaid. Bha fàileadh
grod a' tighinn dhith, mar ola-èisg no seann chiopair,
shaoil Fionnlagh Beag bochd is drèin air aodann.

"Chan e pòg cheart a bha siud!" dh'èigh
a' chailleach, agus i a' faighinn grèim teann air
Fionnlagh Beag le a h-ìnean biorach. Bha i ga
fhàsgadh gu goirt le a làmhan salach, agus cha
b' urrainn dha ach sgiamh lag a dhèanamh nuair a
thug i dha pòg mhòr fhliuch a theab a thachdadh.
Thòisich e a' plosgartaich 's a' casadaich agus ma
thòisich, cha robh a' chailleach idir air a dòigh.

"Tha mi 'n dòchas nach eil e mì-mhodhail,
a Fhlòraidh," thuirt i, fhad 's a bha Fionnlagh Beag
a' feuchainn ri anail fhaighinn air ais. Bha dath
geal air tighinn air agus cha b' ann ro mhath a bha
e a' faireachdainn.

Cha robh a mhàthair ag ràdh guth, agus chan fhaca Fionnlagh Beag i riamh cho sàmhach.

*Nach neònach nach eil i a' dol às a ciall mun phìob*, smaoinich e, a' toirt sùil chabhagach eile air a' chaillich. Bha Uncail Alasdair a' smocadh ach dh'fheumadh esan a dhol dhan ghàrradh a ghabhail siogarait nuair a thigeadh e a chèilidh.

"Am bi thu ga ghlasadh anns a' phreasa fo bhonn na staidhre mura gabh e comhairle?" dh'fhaighnich a' chailleach, le coltas olc na sùilean agus i a' coimhead air a h-ogha a bha a-nis air chrith leis an eagal. "Cuiridh mi geall gu bheil e a' faighinn cus dhe thoil fhèin."

"'S e balach gasta a th' ann am Fionnlagh," fhreagair a mhàthair air a socair, "agus cha bhi sinne a' dèanamh droch rudan mar sin anns an taigh seo idir."

"Pah!" dh'èigh a' chailleach aig àirde a claiginn. "Tha clann an latha an-diugh air am milleadh!"

Choimhead Fionnlagh Beag air a mhàthair, le a falt fada donn is a sùilean ciùin, agus an uair sin air a' chaillich ghreannaich a bha mu choinneamh. B' ann coltach ri mhàthair a bha Fionnlagh Beag, agus gu dearbh, cha robh coimeas sam bith eadar iad fhèin agus an creutair sgreamhail seo.

'*S dòcha gu bheil mi ag aisling*, smaoinich e ris fhèin mu dheireadh. *Dùisgidh mi an-ceartuair, bidh Dad air tighinn dhachaigh agus gabhaidh sinn ar dinnear.*

Dhùin e a shùilean ach nuair a dh'fhosgail e iad a-rithist, bha a' chailleach ghrànda fhathast na suidhe an sin, lasadh olc na sùilean beaga biorach agus i a' deocadh na pìoba salaich gu sunndach.

# 3

Bha e a' dol gu uair sa mhadainn ach bha Fionnlagh Beag fhathast na dhùisg, aodach na leapa suas mu cheann agus e a' bruidhinn gu socair air fòn-làimhe athar. Bha fòn ùr aig Calum Dan, ach bha pàrantan Fhionnlaigh Bhig an aghaidh fear a bhith aigesan dha fhèin. Ged a ghearain e riutha iomadh turas, a-null no a-nall cha ghluaiseadh iad. Bha cù aig Calum Dan cuideachd, abhag bheag dhonn air an robh Seoc, ach cha leigeadh a phàrantan leis-san peata a bhith aige na bu mhotha.

'Tha Calum Dan a' faighinn cus dhe thoil fhèin,' chanadh a mhàthair, nuair a bhiodh e a' guidhe rithe airson rudeigin às ùr.

A-nochd, bha e air am fòn a thoirt à pòcaid seacaid athar mus do dhìrich e an staidhre, agus bha e a-nis trang a' bruidhinn ri Calum Dan, ag innse dha mu thachartasan do-chreidsinneach an latha.

B' fheudar dha an fhìrinn innse mun chreutair a bh' air nochdadh na bu tràithe air an latha agus a bha an impis a bheatha a chur bun-os-cionn. Cha robh Calum Dan a' togail a thòine às an taigh aca agus cha robh rathad nach fhaiceadh e i uair no uaireigin. Bha cho math dha a bhith onarach.

"Cha chreideadh tu cho grànda 's a tha i," thuirt Fionnlagh Beag ann an guth ìosal. "Tha mailghean mòra tiugha oirre, agus feusag!"

"Dhiamh!" fhreagair Calum Dan air taobh eile na loidhne. "A bheil i cho grànda ri Cailleach Clifford?"

Bha Cailleach Clifford bhochd air a bhith a' teagasg saidheans anns an sgoil o bha pàrantan na cloinne innte, agus bha na sgoilearan dhen bheachd gun robh i còrr is ceud bliadhna a dh'aois. Bha Fionnlagh Beag air a dhòigh gun robh e anns a' chlas aig Flakey, creutair truagh a bh' air a bhuaireadh le dandruff, ach a bha fada na bu laghaiche na Cailleach Clifford.

"'S e modail a th' inntese an taca ri mo ghranaidh. Air m' onair, a Chaluim Dan, fuirich gus am faic thu i!"

Rinn e naidheachd dha air mar a bha Dad air tighinn dhachaigh, agus cho fiadhaich 's a bha e air a bhith nuair a chunnaic e a mhàthair-chèile na suidhe anns an t-sèithear aige, a casan air stòl agus i ag òl glainne mhòr dhen uisge-bheatha nach biodh e fhèin a' gabhail ach corra uair no aig amannan sònraichte.

"Bha an caothach air, a Chaluim Dan. Theab e a dhol às a rian."

Rinn Calum Dan gàire. Bu toigh leis athair Fhionnlaigh Bhig, a bha a' teagasg Beurla agus a bha ceart is laghach na dhòigh. Air an adhbhar seo, bha a' chlann measail air, agus a h-uile Lùnastal bha iad uile an dòchas gur ann sa chlas aigesan a bhiodh iad.

"Thuirt i gun robh i a' dol a dh'fhuireach còmhla rinn airson sia mìosan co-dhiù. Tha gunna aice, agus slat-iasgaich. Chan eil fhios a'm dè chanas Granaidh a' Chnuic nuair a thig i a-nall Là na Sàbaid."

"An tug i càil thugad?" dh'fhaighnich Calum Dan gu dòchasach, a' cuimhneachadh air na sgeulachdan mìorbhaileach a bha Fionnlagh Beag air innse dha san sgoil, agus a' dìochuimhneachadh nach robh guth fìrinne annta.

"Ma thug, cha d' fhuair mi fhathast e," fhreagair e gu h-onarach. "Ach tha biast mhòr de bhaga aice agus chan eil rian nach eil rudeigin aice dhomh na bhroinn. 'S dòcha gun do dhìochuimhnich i. Dh'òl i dà ghlainne mhòr uisge-bheatha agus tumblair leann mus deach i dhan leabaidh."

Rinn Calum Dan gàire eile. Bha fadachd air a-nis gus am faiceadh e a' chailleach annasach seo, a bha ag òl 's a' smocadh 's a' sealg.

"Feumaidh mi falbh!" chagair Fionnlagh Beag ris gu cabhagach nuair a chuala e ceumannan-coise aig bàrr na staidhre. "Chì mi a-màireach thu."

Chuir e dheth am fòn agus laigh e gu stòlda anns an dorchadas, ag èisteachd gu cùramach ris an neach a bha a-nis a' cromadh na staidhre. Chuala e am fiodh a' dìosgail agus cuideigin a' stad, mar nach biodh iad airson 's gun cluinneadh duine iad. An uair sin chuala e an doras-cùil a' fosgladh 's a' dùnadh air a shocair.

*Tha sin neònach,* shaoil e, oir bha a h-uile duine air gabhail mu thàmh bho chionn dà uair a thìde.

Shreap e a-mach às an leabaidh agus chaidh e air a chorra-biod a-null chun na h-uinneige. Bha a chasan fuar air an ùrlar agus bha fhiaclan a' snagadaich. Ged a b' e an samhradh a bh' ann, bha na h-oidhcheannan mu dheireadh air a bhith fionnar agus thog e plaide far na leapa a chuireadh e mu ghuailnean.

Tharraing e an cùirtear air ais bhon uinneig agus choimhead e a-mach dhan dorchadas. An toiseach cha dèanadh e a-mach càil, ach an uair sin chunnaic e gun robh rudeigin a' gluasad thall mun t-seada, agus ann an solas na gealaich rinn e a-mach cumadh crotach a bha a' slaodadh rudeigin bho chùlaibh na craoibhe-daraich air an robh an dreallag aige fhèin crochte.

Chaog e a shùilean agus mu dheireadh rinn e a-mach gur e Granaidh Afraga a bh' ann. Bha i air a sgeadachadh anns a' chòta fhada a bh' oirre na bu tràithe, ach a-nis bha ad bhiorach dhubh mu ceann agus bha i casa-gobhlagain air sguab mhòr bhuidhe!

Le a bheul fosgailte, chunnaic Fionnlagh Beag a sheanmhair ag èirigh gu siùbhlach dhan adhar, grèim teann aice air cas na bruise le a làmhan caola biorach, a falt fada glas a' sruthadh air a cùlaibh anns a' ghaoith.

Theab Fionnlagh Beag tuiteam nuair a thuig e an rud a bha e a' faicinn. Rug e air a' fòn a-rithist agus bhrùth e àireamh Chaluim Dan a-steach gu cabhagach.

# 4

"A bheil thu cinnteach nach ann ag aisling a bha thu?" dh'fhaighnich Calum Dan, agus e a' coiseachd dhachaigh còmhla ri Fionnlagh Beag às dèidh na sgoile.

"Aon turas, dh'ith mise ceithir slisean tost le càise mus deach mi dhan leabaidh, agus bha mi mionnaichte gum faca mi bòcan a' tighinn a-mach às a' phreasa. Bha dùil agam gun robh mi na mo dhùisg, ach an uair sin thuit mi a-mach às an leabaidh."

"Cha robh mi na mo chadal idir! Chaidh mi sìos dhan rùm aice agus cha robh sgeul oirre."

Bha màthair Fhionnlaigh a' fuine anns a' chidsin nuair a chaidh iad a-steach, aparan gorm mu meadhan agus i a' cur treidhe eile a-steach dhan àmhainn. Bha fàileadh math spìosraidh anns an rùm.

"Tha sibh ann, a Fhlòraidh," thuirt Calum Dan gu sunndach, a' suidhe air an t-sòfa chofhurtail a bha ri taobh an stòbha.

"Sin sibh, CD," fhreagair i le gàire, toilichte nuair a chunnaic i nach robh an cù còmhla ris an-diugh. Bha i measail air caraid a mic, ach cha robh i ro dhèidheil air Seoc bochd. Aon turas, fhuair e a-steach dhan stiùidio agus rinn e a dhileag air dealbh a bha a' tiormachadh an tacsa a' bhalla. Riamh bhon uair sin, 's ann ainneamh a gheibheadh an cù bochd a bhroinn an taighe.

"Càit a bheil ise?" dh'fhaighnich Fionnlagh Beag, a' togail dà bhriosgaid bhlàth far a' bhùird agus a' sìneadh tè dhiubh gu Calum Dan.

Bha e toilichte nach robh sgeul air a sheanmhair nuair a chaidh e dhan sgoil anns a' mhadainn, ach bha e a' faireachdainn na bu dàine a-nis seach gun robh a charaid còmhla ris.

"Chaidh i a-mach cuairt bho chionn leth-uair a thìde," fhreagair a mhàthair, i fhèin a' coimhead air a dòigh nach robh a' chailleach a-staigh.

Bha seo na bhriseadh-dùil mòr do Chalum Dan, a bha na èiginn Granaidh Afraga fhaicinn le a dhà shùil fhèin. Fad an latha anns an sgoil, bha e air a bhith a' smaoineachadh air an rud a dh'inns Fionnlagh Beag dha air a' fòn. Bha e a-nis a' cur teagamh ann.

"Trobhad suas an staidhre dhan rùm aice," chagair Fionnlagh Beag ris, a' dèanamh air an doras. "Coimheadaidh sinn airson clues."

*Chan eil mi a' creidsinn ann an draoidheachd,* thuirt Calum Dan ris fhèin, ag èirigh gu a chasan agus a' leantainn Fhionnlaigh suas tron taigh.

"Dè ma thilleas i agus gun glac i sinn?" Ged nach robh e a' creidsinn gur e bana-bhuidseach a bh' innte, bha caran de eagal air aig an aon àm.

"Cluinnidh sinn i a' tighinn," fhreagair Fionnlagh Beag gu cinnteach às fhèin. "Tha i uabhasach slaodach a' coiseachd. Teichidh sinn dhan rùm agamsa ma nochdas i."

Dh'fhosgail e an doras agus chaidh iad a-steach gu socair, sàmhach. Bha na cùirtearan fhathast ris an uinneig agus bha e doirbh mòran a dhèanamh a-mach leis cho dorcha 's a bha an rùm. Ged a bha iad le chèile a' coiseachd air an corra-biod, bha am fiodh a' dìosgail fon casan agus bha eagal a bheatha air Calum Dan gun deigheadh an glacadh.

"Phew!" ars esan fo anail. "Tha fàileadh uabhasach a-staigh an seo."

"Nach tuirt mi riut," chagair Fionnlagh Beag air ais. "Tha i grod!"

Bha am baga mòr canabhais gun fhosgladh am meadhan an làir, agus ri thaobh bha an gunna meirgeach is an t-slat-iasgaich. Bha aon de na bagannan beaga ann ach cha robh sgeul air an fhear eile. Chaidh Fionnlagh Beag a-null air a shocair agus chaidh e sìos air a dhà ghlùin ri thaobh.

"'S e craiceann tìgeir a th' ann," thuirt e. "Am beathach bochd."

"Chan e a th' ann ach craiceann liopaird," fhreagair Calum Dan gu fiosrachail. "Chan eil tìgearan ann an Afraga idir."

Bha Fionnlagh Beag cas nach robh fios aige air an seo, ach cha do leig e air guth. Bha a chridhe na bheul fhad 's a bha e a' fosgladh nam bannan a bha a' cumail a' bhaga dùinte.

Ma dh'fhosgail, 's ann an uair sin a thòisich an othail! Dh'fhairich e rudeigin a' gluasad fo chorragan agus mus do thuig Fionnlagh Beag dè bha a' tachairt dha, bha e ro anmoch càil a dhèanamh mu dheidhinn.

Gu h-obann, dh'èirich fitheach mòr dubh
a-mach às a' bhaga, e a' gràgail aig na dhèanadh e
agus a' sgiathalaich gu fiadhaich mun cuairt seòmar
na caillich.

"Murt mhòr!" dh'èigh Fionnlagh Beag, a' ruith
gu taobh eile an rùim agus a' slaodadh nan cùirtearan
bho chèile. Le crith na làmhan, dh'fhosgail e an
uinneag agus dh'fheuch e ris an t-eun dubh aiseag
a-mach oirre.

Cha robh am fitheach ach a' ròcail os an cionn,
a' dèanamh fuaim uabhasach agus a' clabadaich a
sgiathan gu feargach. Mu dheireadh, thàinig e a-nuas
air mullach a' phreas-aodaich, a spuirean geura
a' greimeachadh gu teann ris an fhiodh.

Choimhead an dithis bhalach air a chèile, gun
fhios aca dè dhèanadh iad. Choimhead am fitheach
air ais orra le a shùilean beaga biorach, car na cheann
mar gum biodh e a' magadh orra.

"Dè nì sinn a-nis?" chagair Calum Dan agus crith
an eagail na ghuth.

"Fan ort, tha plana agam," fhreagair Fionnlagh
Beag. "Na gluais is na caraich."

Air a shocair, rug e air plaide a bh' air an leabaidh
agus cho luath 's a rinn e car riamh, chath e fad a
làimhe i a dh'ionnsaigh bàrr a' phreasa. Thàinig i

a-nuas air muin an fhithich a bha a-nis a' sgreadail fon chuibhrige, glaiste agus gun chothrom gluasad no teiche.

"Sin thu fhèin!" dh'èigh Calum Dan, a' coimhead air Fionnlagh Beag le toileachas. Bha esan gu math moiteil gun robh e air a' chùis a dhèanamh air leis fhèin, agus gun robh Calum Dan ga mholadh.

Cha robh iad ach air an t-eun a bhrùthadh a-mach air an uinneig nuair a chuala iad an ath thoirmean a' tighinn às a' bhaga. Choimhead na balaich air a chèile, eagal às ùr ag èirigh nan sùilean agus iad air an oillteachadh ach dè an ath rud a dh'fhaodadh tachairt dhaibh.

Ann am priobadh na sùla, dh'èirich dà ialtaig a-mach às a' bhaga, iad a' sgiathalaich timcheall an t-seòmair mar nèapraigean beaga dubha a' crathadh sa ghaoith. Le coltas nàimhdeil nan sùilean, rinn iad air Calum Dan agus cha b' fhada gus an robh esan a' sgiamhail aig àirde a chlaiginn, na fiaclan beaga biorach aca a' dol an sàs ann gu nimheil.

"Cuidich mi!" dh'èigh e le ràn cruaidh. Bha e air tuiteam air an leabaidh na chlostar, brag aige air a' bhalla le a làmhan 's le chasan fhad 's a bha e a' feuchainn ris na creutairean beaga sanntach a chrathadh air falbh.

Chuala Fionnlagh Beag guth a mhàthar ag èigheach suas bho bhonn na staidhre.

"Bithibh sàmhach! Dè air thalamh a tha sibh a' dèanamh shuas an sin? Mura bi sibh modhail, feumaidh Calum Dan a dhol dhachaigh!"

"Duilich Mam!" dh'èigh e air ais. "Chan eil sinn ach a' cluiche. Duilich!"

Choimhead Fionnlagh Beag mun cuairt air ach dè a b' urrainn dha a dhèanamh airson cobhair a thoirt dha charaid. Chunnaic e crogan spreidh-chuileag air sòla na h-uinneige, agus stiall e air Calum Dan leis. Chosg e dàrna leth an tiona mus robh buaidh sam bith aige air na creutairean grànda, ach mu dheireadh dh'èirich iad suas gu mosach agus rinn iad air an uinneig nan deann.

Thug Fionnlagh Beag sùil air Calum Dan, a bha na shìneadh air an làr le fuil a' sruthadh sìos taobh aodainn, e a' casadaich agus e gus a bhith air a thachdadh. Bha e steigeach leis an spreidh-chuileag agus bha Fionnlagh a' smaoineachadh gun robh e a' dol a thòiseachadh a' rànaich.

"Dùinidh mi am baga," thuirt e gu socair.

"Tha mise ag iarraidh a dhol dhachaigh!" arsa Calum Dan ann an guth fann, a liopa ìosal air chrith.

"Och, a Chaluim Dan," arsa Fionnlagh Beag, "na falbh fhathast. Glanaidh sinn d' aodann anns an rùm agamsa agus thèid sinn a chluiche dhan a' hut."

Nuair a chaidh iad sìos dhan a' chidsin, bha athair Fhionnlaigh Bhig air tighinn dhachaigh às an sgoil agus bha e na shuidhe air an t-sòfa ag òl cupa cofaidh is a' leughadh a' phàipeir-naidheachd. Cha robh sgeul air a mhàthair no air a' chaillich.

"A bheil thu a' faireachdainn gu math, a Chaluim Dan? Tha thu cho geal ri cailc."

"Hallò, Sir," fhreagair Calum Dan gu critheanach. Bha aodann air a sgrìobadh agus bha sèid a' tighinn na shùil far an do sgailc e i air oir na leapa. "Tha bug a' dol mun cuairt. 'S dòcha gu bheil e a' tighinn orm."

Ghluais athair Fhionnlaigh Bhig na b' fhaide a-null dhan oisean ach cha tuirt e guth.

"Tha sinne a' falbh a-mach a chluiche," arsa Fionnlagh Beag, a' togail dà bhriosgaid eile far a' bhùird anns an dol seachad.

Thug athair sùil eile air Calum Dan mus do thill e chun a' phàipeir is a chùm e air a' leughadh.

# 5

Ma bha fios aig a sheanmhair gun robh iad air a bhith
a' rùileach na baga, cha do leig i càil oirre.  Cha robh
i air tighinn a-mach às an rùm aice airson dà latha
a-nis, agus bha Fionnlagh Beag a' smaoineachadh
gur dòcha gun robh a mhac-meanmainn ro
dhealasach. 'S dòcha nach robh innte ach cailleach
neoichiontach, ged a dh'fheumadh e aideachadh gun
robh i caran cracte aig amannan.

   B' e Là na Sàbaid a bh' ann agus cha robh e
air a charaid fhaicinn o Oidhche Ardaoin nuair a
dh'fhosgail iad am baga.  Cha robh Calum Dan air
a bhith anns an sgoil Dihaoine agus bha amharas

aig Fionnlagh Beag gun robh e air eagal a bheatha a ghabhail. Ach bha fios aige cuideachd gun robh fadachd air a' chailleach fhaicinn, agus bha e air gealltainn tighinn a-nall feasgar Diluain, nuair a ghabhadh e a dhinnear.

Chaidh Fionnlagh Beag dhan eaglais anns a' mhadainn còmhla ri athair, far an do choinnich iad mar a b' àbhaist ri Granaidh a' Chnuic às dèidh an t-searmoin. Bha i air tighinn dhachaigh còmhla riutha agus bha iad a-nis mun bhòrd, a' feitheamh gus an tigeadh Granaidh Afraga a-nuas an staidhre.

Bha iad a' cluinntinn fuaimean neònach gu h-àrd, is guth na caillich a' brunndail os cionn gach brag is buille a bha a' tighinn gun cluasan. Bha athair Fhionnlaigh a' fàs cas; bha an t-acras air agus bha am biadh a' fuarachadh.

*Creid gum milleadh ise an latha as fheàrr leam dhen t-seachdain,* smaoinich e ris fhèin gu greannach.

"Tha do mhàthair a' cumail gu math, a Fhlòraidh?" dh'fhaighnich Granaidh a' Chnuic gu càirdeil, a sùilean a' leantainn an fhuaim gu mullach an taighe.

"Chan eil guth ri ràdh, tapadh leibh," fhreagair a mhàthair, a' feuchainn gun smaoineachadh air dè bha an tèile a' dèanamh gu h-àrd.

Cha robh i ach air seo a ràdh nuair a chuala iad am brag mòr a b' uabhasaiche, a thug air Granaidh a' Chnuic leum gu a casan leis an eagal. Thuig Fionnlagh Beag gur e fuaim gunna a bh' ann nuair a lìon an rùm le smùid de dhust agus a chunnaic e gun robh iad uile air an còmhdach le pùdar mìn geal. Bha toll mòr am mullach an t-seòmair far an tàinig am peilear troimhe, agus bha làrach losgaidh air a' bhalla far an do stad e mu shia òirlich bho ghualainn athar.

Nochd Granaidh Afraga anns an doras, grèim aice air a' ghunna mheirgeach agus gàire air a h-aodann. Bha iad uile a' coimhead oirre le uabhas.

"Bha dùil agam gum faca mi radan," thuirt i gu sunndach. "Loisg mi air, ach chan eil mi a' smaoineachadh gun do bhuail mi e."

Thug Fionnlagh Beag sùil air athair. Bha aodann geal, an dà chuid le smùr a' phlèastair agus leis an fheirg. Shuidh Granaidh Afraga ri thaobh, a' slaodadh an t-sèitheir aice na b' fhaisge air agus ga phutadh le a h-ìne mhòr shalach.

"Seadh, a Theàrlaich. Dè mu dheidhinn glainne fìon?" thuirt i ris anns an aon ghuth aighearach. "Gheibh mi an radan a-nochd fhathast."

"Tha thu às do rian!" dh'èigh athair Fhionnlaigh

Bhig, e ag èirigh gu a chasan gu fiadhaich. "Ge brith dè chunna tu, cha b' e radan a bh' ann, *agus* theab thu mo mharbhadh leis a' ghliogaid gunna a tha sin! Cuiridh mi geall nach eil cead agad air a shon a bharrachd."

"Ist a-nis, a Theàrlaich a ghaoil," thuirt Granaidh a' Chnuic, a' feuchainn ris a' chùis a rèiteach, 's i a' suathadh an dust far a h-aodainn aig an aon àm. "Nach eil seo a' coimhead blasta! Tha Flòraidh cho math air biadh a dhèanamh. Gabh an t-altachadh, a Theàrlaich."

Cha b' fhada gus an robh iad uile trang ag ithe, Granaidh a' Chnuic a' toirt sùil chabhagach an-dràsta 's a-rithist air a sheanmhair eile, a bha trang a' cagnadh mar nach robh i air grèim fhaicinn bho chionn bliadhna.

Choimhead Fionnlagh Beag air an dithis a bha mu choinneamh. Bha Granaidh a' Chnuic an-còmhnaidh cho spaideil gach latha Sàbaid. An-diugh, bha dreasa uaine oirre is bha grìogagan dorcha mu h-amhaich. Bha i a' coimhead cho snasail, ged a bha an dust bho urchair na tèile air a falt geal a chur bun-os-cionn. Bha i a' piocadh a bìdh mar fheòrag bheag a' criomadh cnò.

Thug e sùil an uair sin air a sheanmhair eile, le

a h-aodach robach agus a mapaid fuilt air nach robh mòran coltas cìridh. Bha i air cnàimh a thogail far a truinnseir agus bha i ga dheocadh aig na dhèanadh i, ròib salach sìos mu smiogaid agus gleans às a làmhan le geir.

Dh'èirich a mhàthair dhan chidsin, agus dh'aithnich Fionnlagh Beag gun robh i airson teiche bhon bhòrd. Bha athair trang ag ithe, e a' cumail a shùilean air a thruinnsear agus e a' feuchainn gun coimhead air màthair na mnatha aige.

"Tha mi an-còmhnaidh a' dìochuimhneachadh nach toigh leam Brussels Sprouts!" ars ise le lasgan mòr gàire, a' toirt a dhà dhiubh a-mach às a beul agus gan cath air truinnsear Granaidh a' Chnuic. "Gabh thusa iad! 'S e call a th' ann an cur dhan bhiona."

Chuir Granaidh a' Chnuic a forca 's a sgian an dàrna taobh. Bha dath neònach air tighinn oirre agus bha dùil aig Fionnlagh Beag gun robh i a' dol ann an laigse.

# 6

Bha Fionnlagh Beag is Calum Dan a-muigh anns a' hut. B' e seann seada-gàrraidh a bh' innte a fhuair e dha fhèin nuair a thog athair tè ùr. Bha a charaidean gu math farmadach agus bhiodh iad a' tighinn a-nall a chluiche innte a h-uile cothrom a gheibheadh iad, gu h-àraid Calum Dan.

B' àbhaist dhaibh a bhith a' cur an ìre gur e spùinneadairean-mara a bh' annta, air birlinn mhòr dhubh anns a' Chuan Shèimh; aig amannan eile b' e lorg-phoileis ghleusta a bh' annta, an tòir air eucoraich chunnartach na Roinn Eòrpa.

Ach bhon ghluais iad dhan àrd-sgoil, bhiodh
iad a' cur shlatan-iasgaich air dòigh innte agus
a' dèanamh tost air seann chucair gas a bha
a' meirgeadh san oisean ach a fhuair iad gu dol.

An-diugh bha Calum Dan air Seoc a thoirt
leis a-null gu taigh Fhionnlaigh Bhig. Bha e
a' faireachdainn na bu shàbhailte is an cù aige
na chois, ged a bha fios aige nach robh màthair
Fhionnlaigh ro dhèidheil air a bhith ga leigeil a
bhroinn an taighe.

Bha Calum Dan fhathast caran troimh-a-chèile
an dèidh a' chrathaidh a bha e air fhaighinn an turas
mu dheireadh a bha e a-bhos, ach bha a shròn a' cur
dragh air mun chaillich nach fhaca e fhathast.

Bha iad nan suidhe gu sàmhach air cùl an dorais,
a' farchluais air Granaidh Afraga a bha air tighinn
a-mach dhan ghàrradh le fòn-làimhe o chionn
beagan mhionaidean. Bha i a-nis na suidhe air an
dreallaig, mu cheithir troighean air falbh, a' smocadh
na pìoba duibhe agus a' bruidhinn gu cabhagach ri
cuideigin air taobh eile na loidhne.

"Tha fios agam, Oighrig, tha *fios* agam…
*Feumaidh* sinn an fharpais a bhuannachadh an
turas seo… Cha dèan math dhuinn leigeil le
Draoidhean a' Chinn a Tuath a' chùis a dhèanamh

oirnn a-rithist… Buannaichidh sinne an t-Slat
Dhraoidheachd Òir gu cinnteach!"

Rinn Seoc dranndan ìosal agus b' fheudar do
Chalum Dan greimeachadh air gu teann airson
's nach cluinneadh an tè a bha a-muigh am fuaim.
Cha robh e idir air a dhòigh, agus bha e a' slaodadh
air an t-srèin aig na dhèanadh e 's a' sealltainn
fhiaclan.

Lean a' chailleach oirre a' bruidhinn, agus thuig
na balaich le faothachadh nach cuala i an cù.

"Tha mi a' dèanamh mo dhìchill, Oighrig…
Chan eil, chan eil càil a dh'fhios aca… Nì mi
a' chùis air a' bhalach ro bheul na h-oidhche!"

Choimhead na gillean air a chèile le uabhas. Cha
b' urrainn dhaibh gluasad leis an eagal, agus bha an
cadal-deilgneach ann an cas Chaluim Dan nuair a
dh'èirich e na sheasamh mu dheireadh.

Bha an gàrradh air a dhol sàmhach agus
dh'aithnich iad gun robh a' chailleach air tilleadh
a bhroinn an taighe. Thàinig iad a-mach dhan
ghrèin agus cha robh sgeul air duine. Bha Seoc a-nis
a' comhartaich aig na dhèanadh e, e a' snotail thall
far an robh a' chailleach air a bhith na suidhe, agus e
a' sgrìobadh na talmhainn le dhà spòig thoisich.

"Saoil dè bha i a' ciallachadh, *'Nì mi a' chùis*

*air a' bhalach ro bheul na h-oidhche?*'" dh'fhaighnich
Fionnlagh Beag le iomagain na ghuth.

"Chan eil fhios agam, ach feumaidh sinn faighinn
a-mach," fhreagair a chompanach ann an guth na bu
làidire, ged nach robh e buileach cinnteach ciamar a
dhèanadh iad seo.

"Agus saoil cò th' ann an Oighrig?" lean
Fionnlagh Beag air.

"Feumaidh gur e bana-bhuidseach eile a th' innte.
Thuirt i rudeigin mu cho-fharpais agus draoidhean."

Nuair a chaidh iad a-steach dhan taigh, bha
a' chailleach na suidhe anns a' chidsin, a' lìonadh na
pìoba aice à spliùchan-tombaca beag leathair a bha
mu choinneamh air a' bhòrd.

Bha iad air Seoc fhàgail anns a' ghàrradh agus
chluinneadh iad e a' dol às a rian a' comhartaich.
An-dràsta 's a-rithist, bheireadh a' chailleach sùil
ghreannach air an doras, agus bha an t-eagal air
Calum Dan gun dèanadh i cron air a' chù bhochd
nan deigheadh i a-mach far an robh e.

"Cò th' agam an seo?" thuirt i mu dheireadh.
Bha fiamh-ghàire olc air a h-aodann, fhad 's a smèid
i ri Calum Dan e thighinn a-nall chun a' bhùird.

"'S m-m-mise C-Calum Dan," fhreagair e mu
dheireadh. "Ur beatha dhan d-d-dùthaich."

Choimhead a' chailleach air gu geur airson ùine mhòr, i a' toirt a-steach a' chrith a bha na làmhan agus a' ghealtachd a bha na shùilean. Choimhead Calum Dan ri Fionnlagh Beag airson cuideachadh, ach cha robh fios aig Fionnlagh Beag dè dhèanadh e na bu mhotha.

"Dè tha ceàrr ort, a bhalaich bhig? Na can rium gu bheil an t-eagal agad romham?"

Leis an sin, rinn i lasgan mòr gàire, ach an uair sin stad i gu h-obann agus shlaod i Calum Dan ga h-ionnsaigh le briosgadh a thug air òrdag mhòr a choise a bhualadh ann an cas a' bhùird.

Shluig Calum Dan gu cruaidh agus dh'fhairich e a bheul a' fàs tioram. Ruith a' chailleach a h-ìne mhòr shalach sìos taobh aodainn, a' slìobadh nan làrach dearga a bha fhathast follaiseach, a dh'aindeoin 's gun robh ceithir latha a-nis bhon a thug na h-ialtagan an droch ionnsaigh air. Bha i ga ghrad-sgrùdadh agus dh'fhairich e crith a' tighinn na ghlùinean.

"Seo, 's fheàirrde tu smoc," thuirt i mu dheireadh, ga leigeil às le gàire, a' sìneadh thuige na pìoba salaich a bha i dìreach air a thoirt a-mach às a beul fhèin.

"Tha mi d-d-duilich," fhreagair Calum Dan ann an guth fann, "ach cha bhi mi a' smocadh idir. Tha e dona dhut!"

Rug a' chailleach air amhaich air agus shlaod i e a-rithist a-null thuice. Cha robh ach mu òirleach eadar bàrr a shròine agus a h-aodann, is chitheadh Calum Dan gach ròineag gheal a bha a' fàs air a smiogaid.

"Agus a bheil fios agad dè eile a tha dona dhut?" thuirt i ris ann an guth ìosal olc. "Tha a bhith a' rùileach am measg rudan nach buin dhut!"

Dìreach nuair a smaoinich Calum Dan bochd gun robh a chasan a' dol a chall an lùiths, dh'fhosgail an doras agus thàinig màthair Fhionnlaigh Bhig a-steach. Bha bruis-pheant aice na làimh agus cha robh i a' coimhead ro thoilichte.

"Dè tha ceàrr air a' chù? Tha e gus a dhol às a rian a' comhartaich agus chan urrainn dhomh peantadh air a shàillibh. 'S fheàrr dhuibh a dhol cuairt leis, a bhalachaibh."

Thug i sùil air a màthair, a bha a-nis a' slìobadh falt Chaluim Dan le a làmhan biorach. Bha coltas an eagail air aodann a' bhalaich bhochd, ach cha tuirt e guth.

"Seall cho snog 's a tha an gille," ars a' chailleach gu seòlta. "Tha e dìreach mar aingeal beag, mo ghaol air!"

40

Bha Fionnlagh Beag a' feuchainn gun gàire a dhèanamh, ach aig a' cheart àm cha robh earbsa sam bith aige na sheanmhair, no dè an ath rud a dh'fhaodadh i a dhèanamh.

Bha Seoc bochd fhathast a' donnalaich a-muigh, agus bha e follaiseach gun robh rudeigin a' dèanamh dragh dha. Cha robh an dithis chompanach riamh cho toilichte dèanamh air an doras, a' fàgail na cailliche crùbaich aig a' bhòrd a' brùthadh tuilleadh tombaca dhan a' phìob.

# 7

Bha na balaich air an rathad air ais chun an taighe an dèidh dhaibh a bhith shìos aig a' chladach còmhla ri Seoc. Cha robh càil a b' fheàrr leis a' chù na bhith a' ruith nan tonn shìos aig a' mhol, agus chuir iad seachad ùine mhòr a' tilgeil bhioran thuige agus a' cath chlachan dhan uisge.

"Chì mi thu a-màireach anns an sgoil," arsa Calum Dan nuair a ràinig iad an geata. "Tha obair-dachaigh agam airson Cailleach Clifford, agus thèid i às a ciall mura bi e agam a-màireach. Theab i m' ithe nuair nach robh e agam an-diugh agus feumaidh mi dalladh orm leis a-nochd."

Cha robh e ach air na faclan seo a ràdh nuair a mhothaich e gun robh Fionnlagh Beag ga gheur-choimhead le a bheul fosgailte, mar gum biodh rudeigin a' cur uabhas a bheatha air.

"Dè tha ceàrr ort?" dh'fhaighnich e gu h-iomagaineach, 's e a' tuigsinn nach ann a' tarraing às a bha a charaid.

"Wow!" dh'èigh Fionnlagh Beag agus e a' gabhail ceum air ais a dh'ionnsaigh a' gheata, a shùilean a' fàs nas motha agus tuar neònach a' tighinn air a ghnùis.

"Dè tha ceàrr ort?" dh'fhaighnich Calum Dan a-rithist gu beag-foighidneach. Bha e a' fàs searbh a-nis agus bha fadachd air faighinn dhachaigh.

"D' fhalt!" dh'èigh Fionnlagh Beag le sgread.

"Dè mu dheidhinn?" dh'fhaighnich Calum Dan, e a-nis a' fàs cas.

"Tha e a' fàs fada! Air m' onair!"

Chuir Calum Dan a làmh suas gu taobh a chinn agus thuig e le uabhas gun robh an fhìrinn aig an fhear eile. Far am b' àbhaist òirleach de dh'fhalt goirid donn a bhith, bha a-nis ciabhan dualach a' fàs sìos mu ghuailnean – agus a' fàs, agus a' fàs!

Thòisich Seoc bochd a' comhartaich a-rithist, gun e a' dèanamh ciall sam bith dhen neònachas a bha a' gabhail àite mu choinneamh, no a' tuigsinn dè air an aon saoghal a bha a' tachairt dha mhaighstir.

Cha robh Fionnlagh Beag ach na sheasamh ga choimhead, a bheul a' fosgladh 's a' dùnadh mar throsg leth-mharbh. Bha falt Chaluim Dan a-nis sìos gu meadhan a dhroma agus a' sìor fhàs.

"Do sheanmhair! Ise as coireach!" dh'èigh e le èiginn na ghuth, agus e a' cuimhneachadh air faclan na caillich. "Seo a bha i a' ciallachadh nuair a thuirt i gun dèanadh i a' chùis air a' bhalach ro bheul na h-oidhche!"

Cha robh teagamh sam bith aig Calum Dan nach e Granaidh Afraga a bu choireach ris an àmhghar anns an robh e, agus chuimhnich e mar a bha i air a cheann a shuathadh le a làmhan salach mus do dh'fhalbh iad leis a' chù.

"Feumaidh gun do chuir i geas air choreigin orm, ged nach do dh'fhairich mi càil aig an àm!" thuirt e le ràn. "Chan urrainn dhomh a dhol dhachaigh mar seo; thèid Mam às a ciall!"

Mu dheireadh, thàinig Fionnlagh Beag thuige fhèin agus shlaod e a charaid a-null chun na hut, ga phutadh a-staigh air an doras mus cluinneadh an fheadhainn a bha am broinn an taighe a' ghlaodhraich a bha a-muigh.

Bha Seoc bochd a' dranndanaich air a shocair, e a' sgrìobadh bonn an dorais mar gun robh e airson teiche.

"Right, a Chaluim Dan, feumaidh sinn a bhith rianail agus smaoineachadh air dè tha sinn a' dol a dhèanamh. Cha dèan math dhuinn a dhol a-mach às an seo gus an studaig sinn air rudeigin."

Chitheadh Calum Dan fhaileas fhèin ann an uinneag na hut, agus chitheadh e cuideachd nach robh cùisean a' coimhead ro mhath dha an-dràsta. Ann an deich mionaidean, bha e mar mhaighdeann-mhara, a ghruag a-nis sìos gu ghlùinean na chuailean fada grinn.

"Feumaidh tu haircut a thoirt dhomh," thuirt e mu dheireadh. "Chan urrainn dhomh a dhol dhan sgoil a-màireach mar seo – bidh a h-uile duine a' magadh orm!"

"Tha mi a' smaoineachadh gu bheil e air sgur a dh'fhàs," fhreagair Fionnlagh Beag gu dòchasach, a' sgrùdadh ceann an fhir eile bho gach taobh.

Thug Calum Dan sùil gheur air. Bha e ag amharas gun robh Fionnlagh a' feuchainn gun gàire a dhèanamh agus nach robh e a' tuigsinn an àmhghar anns an robh e. Bha falt air mar nighean bheag, agus bha ultach de dh'obair-dachaigh saidheans ga fheitheamh aig an taigh.

"Nì mi tost air a' chucair, ma tha thu ag iarraidh," arsa Fionnlagh Beag gu sunndach. "Tha lof ùr agam."

45

"Coma leam mu thost an-dràsta!" dh'èigh
Calum Dan gu greannach. "Feumaidh tu m' fhalt a
ghearradh. Coimhead orm!"

"Ist a-nis, gabh air do shocair," arsa Fionnlagh
Beag.

Phut e Calum Dan a-null a dh'ionnsaigh stòl
fiodha a bha a mhàthair am beachd a chur dhan
sgiob, ach a bha Fionnlagh Beag air a shàbhaladh
airson na hut.

"Suidh thusa an sin dà mhionaid."

An dèidh greis a' rùileach thall san oisean, thill e
le deamhais a bh' aig athair mus do chuir e bhuaithe
na caoraich. Bha i cho aosta ri ceò nam beann agus
cha robh na faobharan ach gu math maol an dèidh a
bhith bliadhnaichean nan tàmh.

"Dè th' agad an sin?" dh'fhaighnich Calum Dan
gu teagmhach, a' coimhead air an acfhainn mheirgich
a bha a charaid a-nis a' suathadh gu sunndach le ola.

"Right. Suidh stòlda, agus cha bhi mi mionaid."

"Whoa! Gabh air do shocair!" thuirt Calum
Dan, a' suathadh a logaidh fhada às a shùilean agus
a' coimhead air a chompanach gu diombach. "Dèan
ceart e agus feuch nach geàrr thu mi."

Rug Fionnlagh Beag air bad fuilt le aon làimh
agus thòisich e a' gearradh leis an làimh eile. Ged

nach robh e air deamhais a chleachdadh riamh roimhe, 's iomadh turas a bha e air a bhith anns an fhaing, agus bha e a' smaoineachadh gun robh e a' coimhead furasta gu leòr.

Bha caoban mòra fuilt a' tuiteam chun an làir agus bha Fionnlagh Beag a' fàs nas misneachail na chomasan fhèin leis an inneal-ghearraidh. 'S ann a bha an gnothach a-nis a' còrdadh ris, agus e a' fàs gu math bragail le a sgilean lomaidh.

"A bheil e a' coimhead OK?" dh'fhaighnich Calum Dan, e a' strèanadh amhaich ach am faiceadh e fhaileas san uinneig.

"Fuirich stòlda!" throid Fionnlagh Beag ris. "Cha dèan math dhut coimhead gus am bi mi deiseil."

"Na dèan ro ghoirid e."

"Oops!"

Bha Fionnlagh Beag air aire a thoirt far a' ghnìomh airson tiotan agus bha e air beum mòr a thoirt à logaidh Chaluim Dan gun fhiosta dha fhèin.

"Dè tha thu a' ciallachadh, 'oops'? Air m' onair, Fhionnlaigh, ma nì thu mess orm, spadaidh mi thu!"

"Cuimhnich nach e hairdresser a th' annamsa idir!" fhreagair Fionnlagh Beag. "Bu chòir dhut a bhith taingeil toilichte gu bheil mi ann."

"Tha mi ga iarraidh mar a bha e nuair a thàinig mi a-nall feasgar," thuirt Calum Dan ann an guth greannach. "Dèan job math dheth."

Bha sàmhachd anns a' hut airson greis mhath, agus an dithis a' feuchainn gun a dhol a-mach air a chèile. Cha robh an cù fhèin ach socair cuideachd, e na laighe aig casan Chaluim Dan agus e a' crathadh earbaill mar as giorra a bha falt a mhaighstir a' fàs.

Mu dheireadh, sheas Fionnlagh Beag air ais, e gu math toilichte gun robh e air an dùbhlan doirbh a chrìochnachadh. Bha càrn de dh'fhalt fada donn aig a chasan, agus an toiseach bha e gu math moiteil, gus an do mhothaich e gun robh beàrnan mòra maola an siud 's an seo air ceann Chaluim Dan, agus nach robh mòran dhen logaidh aige air fhàgail.

*Ciamar a thachair siud?* smaoinich e ris fhèin. Bha e cinnteach gun robh e air oidhirp na b' fheàrr a dhèanamh, agus bha e air oillteachadh ach dè chanadh Calum Dan nuair a chitheadh e an sgrios a bha e air a dhèanamh air a cheann.

Mar gun robh e air inntinn a leughadh, thuirt Calum Dan, "A bheil sgàthan agad a-staigh an seo?"

"Chan eil," fhreagair Fionnlagh Beag gu cabhagach. "Feumaidh tu fuireach gus an tèid thu dhachaigh."

"A bheil e a' coimhead math gu leòr?"

"Tha e gu math nas fheàrr na bha e. Agus bidh e nas fheàrr buileach ma chuireas tu gel air."

Dh'fhàg Calum Dan a charaid a' sguabadh an fhuilt far ùrlar na hut, agus chuir e aghaidh air an taigh le ceumannan slaodach. Cha robh mòran sunnd air mun obair-dachaigh a bha ga fheitheamh nuair a ruigeadh e, agus bhiodh e a-nis air a chois anmoch ma bha e a' dol a sheachnadh fearg Cailleach Clifford anns a' mhadainn.

Chaidh Fionnlagh Beag suas an staidhre leis a' choimpiutair cho luath 's a chaidh e a-steach, ach ged a dh'fheuch e a dhìcheall, cha do lorg e fiosrachadh sam bith air an eadar-lìon mun rud neònach a bh' air tachairt do Chalum Dan na bu tràithe air an fheasgar.

Bha e dìreach a' tuiteam na chadal nuair a dhùisg teachdaireachd bho charaid e.

**HA OOSA MARABH!** leugh e far na sgrion. Calum Dan bochd. Feumaidh gun robh e air coimhead anns an sgàthan.

Nuair a thàinig Fionnlagh Beag sìos an staidhre Disathairne, bha e a' dol gu aon uair deug. Bha pìos pàipeir air a' bhòrd a dh'fhàg a mhàthair air a shon.

Tha sinn thall aig taigh Granaidh
airson cofaidh.
Dèan bracaist dhut fhèin. Xxx

Thàinig fiamh-ghàire gu aodann nuair a thuig e gun robh iad air a' chailleach a thoirt leotha agus bha e toilichte an taigh a bhith aige dha fhèin. Mura biodh ball-coise aige air madainn Disathairne, bhiodh e a' fuireach anns an leabaidh cho fad 's a b' urrainn dha, agus chuir e iongnadh air an-diugh nach robh a mhàthair a' trod ris agus ag iarraidh air èirigh.

Bha fios aige nach tilleadh iad airson greis agus gum biodh sìth aige a thoil fhèin a dhèanamh airson a' chòrr dhen mhadainn. Smaoinich e an toiseach gun deigheadh e a-mach dhan a' hut agus gun dèanadh e tost dha fhèin, ach bha i caran fuar agus bha teine math air anns a' cheann shìos. Rinn e cupa teatha, thog e leis pacaid bhriosgaid às a' phreasa agus chaidh e a-steach dhan rùm-shuidhe.

Bha e am beachd an telebhisean a chur air, agus bha e dìreach a' dol a shuidhe air an t-sòfa nuair a mhothaich e do rudeigin a thug air stad.

Bha gliongan beaga neònach a' tighinn à badeigin, coltach ris an fhuaim a nì clagan-gaoithe a' gluasad ann an uspagan socair samhraidh. Chuir seo iongnadh air, agus dh'èist e gu mionaideach ach am faiceadh e càit às an robh iad a' tighinn.

Mean air mhean, bha a' ghliongadaich a' fàs na bu làidire, ach fhathast cha robh e a' dèanamh a-mach dè bha ga adhbharachadh. Airson mionaid, shaoil e gun robh Calum Dan a' toirt a char às, agus gun robh e a-muigh anns a' ghàrradh a' dèanamh nam fuaimean neònach, ach an uair sin chuimhnich e gun robh esan am beachd a dhol dhan amar-snàmh an-diugh còmhla ri athair.

Bha e a' meòrachadh air dè eile a dh'fhaodadh a bhith ann nuair a thàinig e thuige gur ann bho shèithear na caillich a bha am fuaim a' tighinn. Chaidh e a-null gu faiceallach furachail agus sheas e an sin ag èisteachd. Dh'fhàs a' ghlagadaich na bu làidire agus thuig e gun robh rudeigin am falach sìos cliathaich an t-sèitheir.

Ged a bha nàdar de eagal air, spìon e suas an cuisean, agus chunnaic e an sin leabhar beag purpaidh, coltach ri seann leabhar-latha. Bha an taobh a-muigh air a dhèanamh de mheileabhaid dhorcha air an robh comharran beaga annasach òir, agus chitheadh Fionnlagh Beag gun robh na duilleagan air tionndadh buidhe leis an aois agus a' coimhead cho sean ris a' chrotal.

Shocraich e e fhèin air an t-sòfa agus ged a bha a chridhe a' bualadh gu làidir, thionndaidh e a' chiad dhuilleag. Gu h-obann, stad a' ghliongadaich. Thug e greis a' sgrùdadh nam faclan neònach a bh' air a bheulaibh, agus ged nach robh e cinnteach dè an cànan a bha mu choinneamh, bha e deimhinne nach robh e air fhaicinn riamh roimhe.

'S gann gum b' urrainn do Fhionnlagh Beag

a shùilean a chreidsinn leis an ath rud a thachair.
Thòisich na duilleagan a' tionndadh leotha fhèin,
an toiseach gu cabhagach ach an uair sin air an
socair, mar gun robh làmhan do-fhaicsinneach gan
stiùireadh.

Bha gach òirleach dhen leabhar air a chòmhdach
ann an sgrìobhadh beag snasail, agus b' e briseadh-
dùil uabhasach a bh' ann dha nach dèanadh e a-mach
facal dheth.

*Nach bochd nach e Gàidhlig a th' ann,* ars esan
ris fhèin, a' dùnadh an leabhair le osna mhòr. Bha
e cinnteach gun robh fiosrachadh dìomhair air
choreigin am falach am measg nan duilleagan, agus
gun robh e glaiste bhuaithesan air sàillibh dìth tuigse.

*"Fosgail e! Fosgail e!"* chuala e guth beag
annasach ag èigheach.

Chlisg Fionnlagh Beag agus theab e an cupa
teatha a dhòrtadh.

Choimhead e mun cuairt air ach duine beò cha
robh ri fhaicinn. Chuala e gàire bheag aighearach a
thug air leum gu a chasan, ach cha dèanadh e a-mach
càit às an robh an guth a' tighinn.

*"Siuthad, Fhionnlaigh Bhig MhicFhearghais, fosgail
e, fosgail e!"* chuala e turas eile.

"Cò tha siud?" dh'fhaighnich e le crith na ghuth.

Cha do fhreagair duine e.

Nuair a bha Fionnlagh Beag cinnteach nach robh duine eile san rùm ach e fhèin, thill e chun an t-sòfa agus thog e thuige an leabhar a-rithist. 'S gann gun creideadh e a shùilean! A-nis, bha gach facal ann an Gàidhlig agus leughadh e na bha air an duilleig gun duilgheadas sam bith.

B' e a' chiad rud a chunnaic e, seòrsa de chlàr-sgòraidh a bha làn àireamhan mar gum biodh diofar sgiobaidhean a' farpais an aghaidh a chèile.

Draoidhean a' Chinn a Tuath – 25
Bana-bhuidsichean Bhrasil – 0

Geasadairean a' Ghearasdain – 3
Badhbhan Bhuirgh – 1

Lean e air a' leughadh gus an tàinig e gu **Mi fhèin agus Oighrig Oillteil an Òbain**, agus dh'aithnich e an uair sin gur i a sheanmhair a bha a' sgrìobhadh anns an leabhar.

Chunnaic Fionnlagh Beag gun robh 21 puingean aca mar sgioba, agus chuimhnich e air a' chòmhradh a chuala e fhèin 's Calum Dan anns a' ghàrradh an latha eile. Bha Draoidhean a' Chinn a Tuath ceithir puingean air thoiseach air na cailleachan agus bha iad a' feuchainn ris a' chùis a dhèanamh orra.

Air an ath dhuilleig bha liosta de na gnìomhan a bha iad air a choileanadh, agus bha e follaiseach gun robh iad uile a' dèanamh an dìchill airson an fharpais seo a bhuannachd. Feumaidh gur e urram mòr a bh' ann an t-Slat Dhraoidheachd Òir a ghleidheadh, oir bha gach rud a bha sgrìobhte san leabhar cha mhòr do-chreidsinneach do Fhionnlagh Beag, gus an do chuimhnich e air na rudan neònach a bha air tachairt a-staigh aca fhèin bhon a thàinig Granaidh Afraga a dh'fhuireach.

Sguir e a leughadh agus thug e sùil air a' chloc. 'S cinnteach gun robh Calum Dan air tilleadh bhon ionad-spòrs a-nis. An dèidh dha an leabhar a chur gu cùramach fo a gheansaidh, thog e am fòn. 'S gann gum b' urrainn dha amas air na h-àireamhan leis a' chrith a bha na làmhan.

# 9

"Chan eil mòran ùine againn gus an till iad," arsa Fionnlagh Beag ri Calum Dan is iad nan crùban anns a' hut leis an leabhar bheag annasach eatarra air an ùrlar.

Bha Seoc trang a' sporghail a-muigh anns a' ghàrradh, a dhà spòig thoisich trang a' cladhach mar a bu dual dha a bhith a' dèanamh nuair a gheibheadh e an cothrom.

"Feumaidh sinn cabhag a dhèanamh, agus an leabhar a chur air ais mus till iad," fhreagair Calum Dan. Bha fios aige nach ann air a dòigh a bhiodh a' chailleach nan glacadh i iad, agus bha fios aige cuideachd gun robh cumhachdan sònraichte aice a dh'fhaodadh a bhith glè chunnartach nan cuireadh i iad gu feum.

Bha e a' sgrùdadh nan duilleagan gu faiceallach, a shùilean a' fàs mòr le iongnadh mar a b' fhaide sìos a leughadh e.

"Seall seo," thuirt e. "Tha e ag ràdh gu bheil an fharpais mhòr gu bhith deiseil agus nach eil air fhàgail ach dà sgioba."

"Tha fios a'm," fhreagair Fionnlagh Beag. "Granaidh Afraga is Oighrig Oillteil an Òbain an aghaidh Draoidhean a' Chinn a Tuath. Chunnaic mi sin."

"Tha liosta ann de na rudan a rinn iad mu thràth, agus na comharran a fhuair iad air an son," lean Calum Dan air.

Leugh na balaich rud mu seach a-mach às an leabhar, a' toirt sùil air a chèile an dèidh gach gnìomh ach dè bha am fear eile a' saoilsinn.

"'A' toirt air cat ann am Port Rìgh a bhith a' comhartaich – còig puingean dhomh fhèin 's do dh'Oighrig,'" arsa Fionnlagh Beag.

"'A' toirt air cailleach Leòdhasach Fraingis a bhruidhinn fad dà latha – sia puingean dha na Draoidhean.'"

*"'A' toirt air muncaidh ann an Sutha Dhùn Èideann 'Fàgail Bharraigh' a ghabhail – sia puingean dhuinne.'"*

*"'A' toirt air orainsearan fàs air craoibh ann an Uibhist a Tuath – naoi puingean dha na Draoidhean.'"*

*"'A' toirt air falt balaich fàs còig troighean ann an trì mionaidean – deich puingean dhuinne.'"*

Chaidh gaoir tro Chalum Dan nuair a leugh e seo, agus e a' cuimhneachadh air mar a thachair dha aig toiseach na seachdaine.

"Seall, tha rud an seo mu do dheidhinn-sa cuideachd, Fhionnlaigh," thuirt e, a' putadh an leabhair a dh'ionnsaigh a charaid.

*"'A' toirt air Fionnlagh Beag falbh leis a' chàr aig trì uairean sa mhadainn agus briseadh a-staigh a thaigh Cailleach Clifford – deich puingean dha na Draoidhean,'"* leugh e le uabhas na ghuth.

"Uill, cha do rinn mi sin," ars esan mu dheireadh. "Tha seo ceàrr."

Choimhead Calum Dan air airson greis. "A bheil thu *cinnteach*?" thuirt e mu dheireadh, le teagamh na ghuth.

"Tha fios agad nach urrainn dhomh dràibheadh," arsa Fionnlagh Beag, "agus chan eil càil a chuimhn' a'm air sin a dhèanamh. 'S cinnteach gum biodh cuimhn' agam air rud mar sin, nach biodh?"

Choimhead e air Calum Dan ach cha tuirt am
fear eile guth. Bha droch fhaireachdainn a' tighinn
thuige a-nis nach robh e buileach a' tuigsinn. Bha na
creutairean cunnartach seo comasach air rud sam bith
a dhèanamh, agus b' e seo a bha dèanamh dragh do
Fhionnlagh Beag.

"Greas ort, tionndaidh an duilleag," thuirt Calum
Dan mu dheireadh, agus e mothachail air an ùine
a' dol seachad.

"Seall, 's e seòrsa de reasabaidh a tha seo," arsa
Fionnlagh Beag, a' leughadh na bha sgrìobhte air an
ath dhuilleig bhuidhe.

"Reasabaidh gu math neònach," fhreagair a
chompanach. Bha liosta ann de rudan annasach,
agus tòrr de chomharran beaga nach gabhadh
tuigsinn ri thaobh.

"Chan eil mise a' dèanamh bun no bàrr
dhen seo," thuirt Fionnlagh Beag, a' cumail air
a' leughadh. "Seall."

Airson toirt air rudeigin sònraichte a dhol à sealladh
– cluas radain, ite ròcais, cas circe, brùchd tunnaige,
trì boinnean fuil cuileige, bleideag sneachda samhraidh
agus sia ròineagan fada, fada.

"Saoil dè tha e a' ciallachadh?" thuirt Calum Dan air a shocair.

Mus d' fhuair Fionnlagh Beag a fhreagairt, chuala iad Seoc a-muigh. Bha e a' dèanamh fuaim uabhasach, a' comhartaich aig na dhèanadh e agus e follaiseach gun robh rudeigin a' dèanamh dragh dha.

"Dè tha ceàrr airsan a-nis?" arsa Calum Dan le osna, ag èirigh gu a chasan agus a' dol gu doras na hut.

Bha Seoc air toll mòr a chladhach ann an oisean a' ghàrraidh, agus bha e a-nis trang a' cagnadh rudeigin dubh a bha air tighinn am bàrr. An-dràsta 's a-rithist, leigeadh e às ràn, ach an uair sin thilleadh e gu cabhagach chun an rud a bh' aige na bheul.

Nuair a chaidh na balaich a-null, chunnaic iad gur e bròg mhòr dhubh a bh' ann, agus le uabhas, smaoinich Fionnlagh Beag gun robh i coltach ris an fheadhainn a bhiodh daonnan air Cailleach Clifford anns an sgoil. Bha casan oirre uimhir ri casan fuamhaire, agus chan ann tric a chitheadh tu an leithid air duine sam bith eile. Thug e sùil chabhagach air Calum Dan, a bha a-nis a' slaodadh na bròige bho bheul a' choin.

"Tha fios agad cò leis seo?" thuirt a charaid ris mu dheireadh. "Agus dè tha e a' ciallachadh."

"Tha mi a' faireachdainn bochd," fhreagair Fionnlagh Beag, a' cath na bròige fad a làimhe tarsaing na feansa. Bha Seoc a' coimhead air gu gruamach, briseadh-dùil a' nochdadh na shùilean agus gun fhios aige dè bha e air a dhèanamh ceàrr.

"Feumaidh sinn seo a chàradh," arsa Calum Dan, a' coimhead air a' mhilleadh a bha an cù air a dhèanamh air an lèanaig uaine. Bha e a' feuchainn gun smaoineachadh air dè chanadh pàrantan Fhionnlaigh nam faiceadh iad an gàrradh aca.

Gu cabhagach, thòisich iad le chèile a' lìonadh an tuill, a' cur na h-ùireach air ais cho math 's a b' urrainn dhaibh agus a' rèiteach na talmhainn. Bha Seoc bochd aig an sàilean a' comhartaich 's a' crathadh earbaill gu sunndach. Cha robh e a' tuigsinn dè bha tachairt ach dh'aithnicheadh e nuair a bha fothail a' dol.

# 10

Bha e cho math nach robh pàrantan Fhionnlaigh Bhig air tadhal anns a' bhùthaidh air an rathad air ais bho thaigh Granaidh, oir bhiodh iad air rudan gu math neònach a lorg ann am boot a' chàir.

Bha a' chailleach air a bhith caran sàmhach nuair a thill i dhachaigh, agus cha b' fhada gus an robh srann aice na sèithear àbhaisteach ri taobh an teine. Bha a mhàthair trang anns an stiùidio agus chaidh athair suas a cheann eile an taighe le dùn aistean a bha e a' dol a cheartachadh. Bha Seoc na shuain chadail anns a' hut, an dèidh dha e fhèin a shàrachadh leis an ùpraid a bha a' dol na bu tràithe.

Cho luath 's a b' urrainn dhaibh, rinn na balaich
air a' ghàrradh, far an d' fhuair iad cothrom coimhead
air a' chàr gun fhiosta do dhuine. Theab Fionnlagh
Beag tuiteam nuair a dh'fhosgail e an deireadh.

B' e a' chiad rud a chunnaic e, tèile de bhrògan
mòra dubha Cailleach Clifford. Dh'fhairich
e an fhuil a' traoghadh à aodann agus a bheul
a' tiormachadh leis an eagal.

*Cò às a thàinig a' bhròg agus cò chuir an seo i?*
smaoinich e ris fhèin, ged a bha fios aige na chridhe
air freagairt na ceiste.

Bha seòrsa de chuimhne a' tighinn air ais thuige
a-nis, mar dhroch aisling, anns an robh e ga fhaicinn
fhèin a' falbh air feadh taigh mòr fuar, a' togail leis
rudan an siud 's an seo gun fhios aige carson.

A bharrachd air a' bhròig, bha càrn mòr
de dh'aodach air a chath air muin a chèile san
deireadh: blobhsaichean flùranach sìoda; briogaisean
mòra corduroy; stocainnean tiugha de gach
seòrsa; geansaidhean tachaiseach clòimhe; seann
deise-shnàmh tholltach thana; sgiort fhada thartain
MacLeod of Lewis, agus – mo mhaslachadh! – trì
drathaisean mòra glasa.

Thòisich Calum Dan a' gàireachdainn nuair
a chunnaic e seo, agus e a' dèanamh dealbh dhe

charaid a' rùileach ann an dràthraichean na tidseir.

"Shut up, a Chaluim Dan!" thuirt Fionnlagh
Beag gu crosta, e air oillteachadh leis a' chàrn
mhì-laghail a bh' air a bheulaibh. Airson cùisean a
dhèanamh na bu mhiosa buileach, bha ann cuideachd
dà leabhar, cloc beag fiodha, botal siampù, cnap càise,
botal fìon, pòcair iarainn agus aithris banca airson
*'Miss Euphemia Clifford, 6 Rathad na h-Aibhne'*.

"Dè tha sinn a' dol a dhèanamh leis an seo?"
thuirt e mu dheireadh.

"Dè tha *thusa* a' dol a dhèanamh, tha thu
a' ciallachadh," fhreagair am fear eile, agus e fhathast
a' cireasail ris fhèin.

B' ann an uair sin a mhothaich Fionnlagh Beag
gun robh sgrìob mhòr fhada sìos cliathaich a' chàir,
agus gun robh am bumpair toisich air a lùbadh
beagan. Chunnaic e cuideachd gun robh strìoch de
pheant uaine air a' bhumpair deiridh.

*An aon dath uaine ri càr Cailleach Clifford,*
smaoinich e le uabhas. B' e mìorbhail a bh' ann
nach robh athair air mothachadh.

Le osna, dh'fhalbh e leis a' chàrn aodaich agus
an treallaich eile a-steach dhan a' hut, a' feuchainn
gun smaoineachadh air dè dhèanadh e an ath thuras
a chitheadh e Cailleach Clifford.

Chuala Seoc fuaim nam balach a' tighinn agus leum e gu a chasan, a' crathadh earbaill riutha aig na dhèanadh e agus e toilichte a mhaighstir fhaicinn a-rithist. Rinn Calum Dan gàire, agus shlìob e ceann a' choin air an robh gaol a chridhe aige.

"Cuiridh mi a h-uile càil a-steach an seo gus an smaoinich mi air dè nì mi leis," thuirt Fionnlagh Beag, a' togail a' chinn à seann bhiona a bha sa chòrnair. "Chan eil duine a' tighinn a-steach an seo ach sinn fhèin co-dhiù."

Bha Calum Dan air an ceann a thoirt às a' bhotal siampù agus bha e aige ri shròin.

"Cuir sin air ais! Agus air do bheatha, cha dèan math dhut seo innse do dhuine!" Thug Fionnlagh Beag sùil chrosta air a charaid, a bha fhathast le fiamh-ghàire air aodann agus e a' dèanamh dealbh dhen fhear eile a' dràibheadh sìos an rathad aig trì uairean sa mhadainn.

"Air mo mhionnan, cha chan mi guth," fhreagair Calum Dan, a' cath a' bhotail dhan a' bhiona, ged a bha aithreachas air nach b' urrainn dha an sgeulachd èibhinn seo a sgaoileadh air feadh na sgoile.

Bha a leithid de eagal aig a h-uile duine ro Chailleach Clifford agus cha mhòr gun gabhadh e creidsinn gun robh Fionnlagh Beag air a bhith a' rùileach air feadh an taighe aice. 'S e gaisgeach a bhiodh ann gun teagamh, nam biodh fios aig càch!

# 11

"An robh dad às ùr a' dol anns an sgoil an-diugh,
a Theàrlaich?" dh'fhaighnich màthair Fhionnlaigh
Bhig agus iad aig a' bhòrd a' gabhail an suipeir.
Thug i sùil air an duine aice, agus i an dòchas gun
robh e ann an trum na b' fheàrr a-nis.

Na bu tràithe air an fheasgar, bha e air
mothachadh dhan mhilleadh a chaidh a dhèanamh air
a' chàr aige, ged a bha Fionnlagh Beag air am peant
uaine a ghlanadh air falbh cho math 's a b' urrainn
dha agus air feuchainn ris a' bhumpair a rèiteach.

Bha athair Fhionnlaigh a' cur na coire air tidsear
eile san sgoil, agus e a' smaoineachadh gur ann an sin
a thachair e.

"Mrs Baxter, cuiridh mi geall," bha e air a ràdh gu feargach nuair a thàinig e dhachaigh. "Shuidh i an test aice seachd trupan. Tha i sgreamhail air dràibheadh agus chan fhaca tu riamh creutair cho dona rithe air rebhearsadh."

Cha do leig Fionnlagh Beag dad air, ach mhothaich e gun robh coltas olc air aodann a sheanmhar, a bha na suidhe aig ceann eile a' bhùird, a' slupraich à muga mòr teatha.

Bha i a' dèanamh fuaim uabhasach agus an-dràsta 's a-rithist choimheadadh athair Fhionnlaigh oirre gu diombach. Bha a' phìob shalach aice na dòrn mar a b' àbhaist, agus cha robh dragh aice gun robh i a' sèideadh ceò ghrod air feadh a' chidsin.

"Chuala mi gun robh mèirleach anns an taigh aig Cailleach Clifford Oidhche Haoine," fhreagair e mu dheireadh.

Dh'fhairich Fionnlagh Beag an t-acras a' falbh dheth agus thàinig cràdh na mhionach leis an eagal. Chuir e sìos a' bhriosgaid a bh' aige na làimh, aodann air a dhol cho dearg ri partan. Bha e ag ùrnaigh nach mothaicheadh duine.

"Tha e coltach gun d' fhuair e a-steach air uinneag a' phoirdse," lean athair air. "Mar sin, tha na poilis a' smaoineachadh gur e duine gu math beag a th' ann."

Bha Fionnlagh a' coimhead sìos air an ùrlar, agus e air oillteachadh leis an rud a bha e a' cluinntinn. *Poilis!* smaoinich e ris fhèin. *Gheibh iad a-mach! Glacaidh iad mi! Thèid mi dhan a' phrìosan! Tha mo bheatha ullamh!*

"Dè chaidh a ghoid?" dh'fhaighnich a mhàthair, is i fhathast a' feuchainn ris an naidheachd seo a ghabhail a-steach. Anns a' bhitheantas, cha bhiodh mòran a' tachairt sa bhaile aca, agus bha i airson a h-uile criomag dhen stòiridh inntinnich seo a chluinntinn.

Bha Cailleach Clifford air a bhith ga teagasg anns an sgoil agus bha cuimhne aice fhathast air cho fiadhaich 's a bhiodh i aig amannan. A dh'innse na fìrinne, cha robh truas sam bith aice air a son.

Thog i pìos tost far a truinnseir agus shlaod i an sèithear aice na b' fhaisge air a' bhòrd, ag èisteachd gu cùramach ris gach facal a bh' aig an duine aice ri ràdh.

"Sin an rud neònach," lean esan air. "Cha deach càil luachmhor a ghoid, ged a bha gu leòr de rudan prìseil am broinn an taighe. Dh'fhalbh e le piullagan aodaich is treallaich eile, ach cha do bhuin e do chàil math a bha a-staigh."

Bha Fionnlagh Beag mothachail gun robh sùilean a sheanmhar ga ghrad-sgrùdadh bho thaobh

eile a' bhùird agus cha robh e riamh na bheatha
a' faireachdainn cho mì-chofhurtail.

"Bha soithichean prìseil aice san china cabinet,
agus mìle not ann an drathair a' bhùird.  Dh'fhàg e
sin ach ghoid e seann phòcair meirgeach."

"Smaoinich!" arsa màthair Fhionnlaigh Bhig le
gàire.

"Annasach dha-rìribh," ars a' chailleach, agus i
a' toirt sùil eile air Fionnlagh Beag.

"Bha còta-bèin aice shuas an staidhre, ach
dh'fhàg e sin agus dh'fhalbh e le seann phaidhir
bhròg.  Thug e leis am botal siampù aice ach cha
do bhuin e dhan uisge-bheatha a bha san dreasair."

"An robh thusa riamh ann an taigh Cailleach
Clifford, Fhionnlaigh?" dh'fhaighnich a sheanmhair
gu h-obann, a' dèanamh gàire charach sheòlta is i
a' dòrtadh tuilleadh teatha às a' phoit dhan mhuga
mhòr a bh' air a beulaibh.

"Cha robh!" dh'èigh Fionnlagh gu luath, an
t-eagal a' leum na shùilean 's gun fhios aige dè bha
fa-near dhan chaillich.

Gu fortanach, lean athair air leis an naidheachd
mu Chailleach Clifford bhochd, agus cha tug iad an
aire dhan àmhghar anns an robh Fionnlagh Beag.

Dh'inns e mar a dhùisg i aig ceithir uairean sa

mhadainn le fuaim cuideigin a' bualadh anns a' chàr
aice a-muigh, agus mar a rinn i aiste na deann sìos
an staidhre.

"Mus d' fhuair i a-mach, bha e air falbh.
Bha am mèirleach air an doras-cùil aice fhàgail
fosgailte. Dh'ith e am pana mions a bh' aice air an
stòbha airson an ath latha, agus thug e leis pacaid
bhriosgaidean agus banana. Lorg i an rùsg air an
steap."

"Nach iongantach sin," ars a mhàthair, agus i
air a dòigh glan a' cluinntinn mun eucorach acrach
annasach a bh' aig baile.

"Tha na poilis fhathast a' sgrùdadh an taighe aice,
feuch am faigh iad làraich-chorragan."

"Tha iad dòchasach gun tèid a ghlacadh?"

"Ò, tha."

Ma bha aodann Fhionnlaigh Bhig air a bhith
dearg mu thràth, bha e a-nis air fàs cho geal ri cailc.
Bha fios aige gum biodh làraich a chorragan air feadh
an taighe agus gur esan a bha air bualadh anns a' chàr
aice. Dè nan deigheadh athair gu na poilis mun chàr
aige fhèin agus gum fàsadh iad amharasach mun dà
thubaist?

"Tha stòr-dàta aig na poilis airson làraich-
chorragan," lean athair air gu fiosrachail. "Ma

gheibh iad lorgan, 's dòcha gum faigh iad an fhreagairt an sin.  Tha an càr aice air a dhroch mhilleadh cuideachd."

"Ach mur eil an duine anns an stòr-dàta cheana, cha bhi fios aca cò bh' ann, am bi?" thuirt Fionnlagh Beag gu dòchasach.

"Tha thu ceart, tha eagal orm," ars athair ris, a' toirt balgam às a' chupa teatha aige.

Thug seo beagan faothachaidh do Fhionnlagh Beag, ged a bha e fhathast iomagaineach gu leòr mun t-suidheachadh uabhasach air nach robh cothrom sam bith aige.

Thòisich a' chailleach a' gàireachdainn agus thug athair Fhionnlaigh sùil gheur oirre.  Bhon a thàinig i a dh'fhuireach, cha robh cùisean air a bhith ach gu math croiseil dha, agus bha fadachd air gun toireadh i a casan leatha a-rithist.

"Co-dhiù, tha 'n t-àm againn uile gabhail mu thàmh," thuirt a mhàthair, a' coimhead air a h-uaireadair agus ag èirigh bhon bhòrd.  "Ged a tha i fhathast soilleir a-muigh, tha i anmoch, agus feumaidh an dithis agaibhse èirigh tràth a-màireach airson na sgoile."

An dèidh dhi na soithichean salach a chruinneachadh, chaidh i a-null chun na h-uinneige agus i a' dol a tharraing nan cùirtearan. B' ann an uair sin a leig i sgiamh bheag aiste agus a dh'aithnich càch gun robh rudeigin a-muigh air a h-aire a ghlacadh.

"Mo chreach-sa thàinig, a Theàrlaich! Tha i a' cur an t-sneachda!"

Ruith Fionnlagh Beag a-null ri taobh a mhàthar agus nuair a thug e sùil a-mach, chunnaic e gun robh i ceart. Bha co-dhiù dà throigh de shneachda a' còmhdach na talmhainn, agus bha bleideagan mòra geala a' tuiteam gu socair à adhar ciùin an t-samhraidh.

# 12

*Chan eil cuimhne aig duine gun do thachair seo riamh roimhe*, bha boireannach nan naidheachdan ag ràdh air an telebhisean.

*Tha sgoiltean dùinte air feadh na dùthcha agus chan eil dùil sam bith gum bi iad fosgailte a-màireach, ma chumas i oirre mar seo*, lean i oirre.

*Tha na poilis a' moladh do dhaoine fuireach aig an taigh, mura bheil an turas aca riatanach…*

Chuir Fionnlagh Beag dheth an telebhisean nuair a chuala e ceumannan-coise a' tighinn a dh'ionnsaigh an dorais-chùil. Bha e a' feitheamh Chaluim Dan is

iad am beachd an latha a chur seachad a' slaighdeadh
sìos an cnoc air cùl an taighe.

Bha e air a dhòigh glan, oir 's ann ainneamh
a gheibheadh e latha far na sgoile, agus bha e
gu h-àraid taingeil an-diugh oir bha deuchainn
eachdraidh gu bhith aige feasgar.

Nochd Calum Dan a-steach dhan chidsin, e
toilichte faighinn dhan bhlàths an dèidh coiseachd
bho cheann shuas a' bhaile.

Bha e a' snagadaich agus a' leum bho chois gu
cois, a' feuchainn ri faireachdainn fhaighinn air ais
na òrdagan agus iad air an reothadh. Bha a bhusan
cho dearg ri dà ubhal agus chitheadh Fionnlagh
Beag anail ann am blàths a' chidsin.

"Cha chreideadh tu cho reòthta 's a tha i
a-muigh," thuirt e agus e a' sèideadh gu cruaidh air
a dhà bhois. Bha dath gorm air a chorragan agus
bha cràdh na chluasan leis an fhuachd. Chaidh e a
dh'ionnsaigh an stòbha, far an robh braidseal math
de theine a' blàthachadh a' chidsin.

"Tha seo mì-nàdarra," thuirt e nuair a
dh'ath-bheothaich e beagan. "Tha mo sheanair ag
ràdh nach fhaca e sneachda riamh anns an Ògmhios –
agus tha e gus a bhith ceithir fichead!"

"Tha e math latha fhaighinn far na sgoile, ge-tà," arsa Fionnlagh Beag le gàire.

Ged a bhiodh Calum Dan dheth tric, cha leigeadh pàrantan Fhionnlaigh Bhig leis fuireach a-staigh mura biodh e gu math bochd, agus 's ann glè ainneamh a bhiodh sin.

"Càit a bheil càch?" dh'fhaighnich Calum Dan nuair a bha e air blàths a ghabhail.

"Choisich Dad sìos chun na sgoile anns a' mhadainn. Bha e ag ràdh gun robh cus aige ri dhèanamh airson fuireach a-staigh. Chaidh Mam suas a dh'fhaicinn an robh càil a dhìth air Granaidh a' Chnuic, agus tha Granaidh Afraga air a dhol air ais dhan leabaidh."

Bha e a' bruidhinn air a shocair, air eagal 's gun dùisgeadh e a sheanmhair. Bha e air a dhòigh gun robh Calum Dan air Seoc fhàgail aig an taigh.

"Tha mi 'n dòchas nach tig i a-nuas."

"Cha tig," fhreagair Fionnlagh Beag, agus e a' fosgladh doras a' chidsin. "Èist."

Chluinneadh na balaich an srann a b' uabhasaiche a' tighinn a-nuas an staidhre agus bha e follaiseach gun robh a' chailleach na suain.

"Nuair a thèid i air ais dhan leabaidh mar seo, bidh i innte airson ùineachan."

"Tha i caran ro fhuar an-dràsta airson a dhol a-mach a chluiche," arsa Calum Dan, a' slaodadh thuige sèithear. Bha e na bu shaorsnaile a-nis is fios aige nach cuireadh a' chailleach dragh orra a' chiad treis. Shuidh e aig an teine ga gharadh fhèin.

"Thalla a-mach agus chì thu air do shon fhèin," thuirt e nuair a dh'aithnich e nach robh Fionnlagh Beag air a dhòigh. "Cha bhiodh mathan-bàn beò a-muigh an siud!"

Chaidh Fionnlagh a-null chun na h-uinneige agus sheall e a-mach air a' ghàrradh-chùil, a bha a-nis còmhdaichte gu tur ann an cuibhrige geal geamhradail. Bha i a' coimhead puinnseanta fuar, ceart gu leòr.

An dèidh dha a bhòtannan a chur air agus bonaid a shlaodadh sìos mu chluasan, chuir e aghaidh air an doras. Cha robh e fada a' tuigsinn gur e an fhìrinn a bh' aig an fhear eile.

Nuair a thug e a' chiad cheum dhan ghàrradh, theab e a dhol fodha gu na h-achlaisean ann an cuithe sneachda, agus cha mhòr nach tàinig an aileag air leis an fhuachd. Bha cràdh geur na dhà chuinnlean agus bha e a' smaoineachadh gun robh bàrr a shròine a' reothadh.

"Tha eagal orm gu bheil thu ceart," ars esan,

a' tilleadh a-steach dhan bhlàths, e air a lathadh leis an fhuachd agus fhiaclan a' snagadaich. "Cuiridh mi air an coire."

Cha robh e ach air na faclan seo a ràdh nuair a chuala na balaich am fuaim a b' uabhasaiche a-muigh. Bha turrabanaich neònach a' tighinn à badeigin, seòrsa de rùchdail mòr domhainn, agus an uair sin thòisich an taigh a' crathadh 's a' creathnachadh.

An toiseach, bha dùil aig Fionnlagh Beag gun robh làraidh no rudeigin air bualadh ann an ceann an taighe, ged a bha fios aige nach gabhadh seo a bhith seach gun robh an taigh pìos math bhon rathad-mhòr.

"Seall!" dh'èigh Calum Dan aig àirde a chlaiginn, is e air an doras-cùil a thilgeil fosgailte.

'S gann gum b' urrainn do Fhionnlagh Beag a shùilean a chreidsinn nuair a chaidh e a-mach. Chunnaic e seada-gàrraidh agus trì càraichean a' dol seachad os an cionn, gaoth làidir air an togail suas dhan adhar mar gum biodh iad cho aotrom ri ite.

Chuala iad an ath bhrag agus chunnaic iad tractar glas agus doras garaids a' seòladh seachad. Às an dèidh bha seann leabaidh, trì cearcan dearga agus bus na sgoile.

Rinn Fionnlagh Beag air a' hut, a' ruith cho

luath 's a b' urrainn dha tron uabhas, Calum Dan às a dhèidh is iad le chèile a' slaighdeadh 's a' tuiteam agus a' ghaoth làidir gan leagail far an casan.

Nuair a fhuair iad air an doras a dhùnadh, sheas iad aig an uinneig, an anail nan uchd is iad a' coimhead a-mach air na tachartasan mì-nàdarra a bha a' gabhail àite a-muigh.

Chitheadh iad a-nis ioma-ghaoth aig iomall a' bhaile, i a' tighinn nas fhaisge 's nas fhaisge orra, a' deocadh suas rud sam bith a bha na rathad agus ga thogail dha na speuran gun duilgheadas sam bith. Bha an tùr mòr làn sgudail a' beucail mar chreutair beò agus a' tighinn gan ionnsaigh aig astar a bha eagalach.

"Wow!" arsa Fionnlagh Beag air a shocair, a' coimhead air an stoirm. "Tha seo mar na tornadoes a chì thu air an teilidh ann an Ameireaga!"

"Twister," arsa Calum Dan le a bheul fosgailte. "Agus tha e gu bhith againn!"

Le uabhas, chunnaic na balaich an sealladh a bu mhìorbhailiche a chunnaic iad riamh a' sgaoileadh mu choinneamh an sùilean.

Bha nithean iongantach is annasach a' siubhal seachad orra aig astar shuas anns an adhar: seann eathar, carabhan, soidhne bùtha, geata meirgeach,

dà thrampoline, trì craobhan-giuthais, nighean bheag
à Nis agus bodach Uibhisteach a bh' air a rathad dhan
Cho-op nuair a bhuail an droch shìde.  Siud iad
seachad, gun fhios càit an robh dùil riutha.

Bha fuaim smaointinneach a-muigh agus chrùb
na balaich air an ùrlar, ag ùrnaigh nach togadh
a' ghaoth a' hut còmhla ris a' chòrr.  Bha iad gun
chomas dad a dhèanamh gus an deigheadh an stoirm
seachad.

"Tha mi 'n dòchas gu bheil Seoc OK," arsa
Calum Dan gu socair.

Cha tuirt Fionnlagh Beag guth.  Bha e
a' smaoineachadh air athair 's a mhàthair agus
Granaidh a' Chnuic, air an robh eagal a beatha ro
stoirmean is droch shìde.

An ceann mionaid no dhà, nuair a shìolaidh am
fuaim a-muigh, dh'aithnich iad gun robh an t-uabhas
air a dhol seachad agus chaidh iad air an socair
a-mach air ais dhan ghàrradh.  Sheas iad le chèile
a' coimhead timcheall orra, am beòil fosgailte agus
gun iad a' tuigsinn dè air thalamh a bha gabhail àite
anns a' bhaile aca an-diugh.

"Seall!  Tha an sneachda air leaghadh!" dh'èigh
Calum Dan.

Chunnaic Fionnlagh Beag gun robh e ceart.

Cha robh càil ri fhaicinn ach feur brèagha gorm agus flùraichean bòidheach a' gluasad gu socair ann an teas na grèine. Ged nach robh barrachd air deich mionaidean bhon a chaidh iad a-steach dhan a' hut, bha i air aiteamh a dhèanamh mu thràth. Cha robh bleideag sneachda ri fhaicinn agus bha uiseag bheag shunndach trang a' ceilearadh shuas gu h-àrd anns an adhar ghorm.

*Cha ghabh seo a bhith,* smaoinich Calum Dan, e a-nis a' faireachdainn ro bhlàth na aodach geamhraidh. Bha fallas air clàr aodainn agus bha a lèine a' steigeadh ri dhruim leis an teas.

Bha Fionnlagh Beag duilich nuair a chunnaic e nach robh sgeul air a' chraoibh-dharaich no air an dreallaig aige, ach bha e taingeil toilichte gun robh an taigh fhathast na sheasamh.

Nuair a nochd na balaich dhan chidsin, bha Granaidh Afraga air èirigh, gùn-oidhche fada purpaidh oirre agus i a' mèaranaich aig a' bhòrd le botal ruma dubh agus dàrna leth lof air a beulaibh.

Rinn i brùchd mòr, thachais i taobh a cinn le a h-ìnean salach agus choimhead i air Calum Dan.

"Nach e an t-àite seo a tha beag-tlachd," thuirt i mu dheireadh, le lasadh seòlta na sùilean. "Chan eil mòran a' tachairt ann uair sam bith, a bheil?"

# 13

Dh'fhàg na balaich a' chailleach anns a' chidsin agus rinn iad air an rùm-shuidhe, far an do dh'fhòn Calum Dan dhachaigh gu a phàrantan. Ged a bha athair a' caoidh nach robh sgeul air a' bhan ùir aige, bha e toilichte faighinn a-mach gun robh a mhac sàbhailte. Bha Seoc na chadal ri taobh an teine, cho sona ris an Rìgh, dh'inns e dha mhac.

Bha an telebhisean aig na balaich air, agus bha gach seanail a' sealltainn a' mhillidh a chaidh a dhèanamh air feadh na dùthcha. Chuir Fionnlagh Beag air an seanail Gàidhlig, far an robh bodach Uibhisteach ag innse mar a dhùisg e ann an cruach-mhònach ann an Dail bho Dheas, gun sìon a dh'fhios aige mar a fhuair e ann.

Bha Calum Dan deimhinne gun robh gnothach aig a' chaillich ris an rud neònach a bh' air tachairt dhan t-sìde, agus dh'fheumadh Fionnlagh Beag aideachadh gur dòcha gun robh e ceart.

"Cuimhnich gun tuirt e anns an leabhar gun robh 'bleideag sneachda samhraidh' a dhìth orra," arsa Calum Dan.

"Tha thu ceart," fhreagair Fionnlagh Beag, "agus nam b' urrainn dhuinn an leabhar a lorg, gheibheadh sinn a-mach gu cinnteach."

Bha e a' coimhead thall mu shèithear a sheanmhar ach cha do lorg e càil ach seann nèapraigear agus dà bhior-stocainn.

"Feumaidh gun tug i leatha e suas an staidhre," arsa Calum Dan, nuair a bha e follaiseach nach robh e ann.

Cha robh e ach air na faclan sin a ràdh nuair a nochd a' chailleach anns an doras, a' phìob shalach na dòrn agus am botal ruma dubh aice anns an làimh eile.

"Dh'fhòn d' athair mus tàinig thu a-staigh," thuirt i ri Fionnlagh Beag. "Tha am mullach air tighinn far na sgoile agus tha e a' smaoineachadh gum bi i dùinte an còrr dhen t-samhradh."

Leig na balaich sgread asta le toileachas, a' leum
gu an casan agus a' dannsa am meadhan an làir.
Bha Calum Dan gu h-àraid air a dhòigh, agus e
a' smaoineachadh air obair-dachaigh Cailleach
Clifford.

An uair sin, thug a sheanmhair slaic do
Fhionnlagh Beag mun druim agus leig i lasgan mòr
olc aiste. "Chan eil mi ach a' tarraing asaibh!" ars ise,
agus i gus a dhol às a rian a' gàireachdainn. Chaidh
a' cheò air a h-anail agus thòisich i a' casadaich
's a' sgòrnaich, grèim aice air oir an t-sèitheir agus
a h-aodann preasach a' tionndadh cho purpaidh ris
a' ghùn-oidhche ghrànda a bh' oirre.

*Tha chead agad,* arsa Calum Dan ris fhèin, e
a' miannachadh gun tachdadh i air a' cheò agus e
cho tàmailteach gun tug i an car asta.

"Co-dhiù," lean i oirre, a' cath sglongaid mhòr
de smugaid dhan teine agus a' suathadh a sròine ri
muinichill, "tha e shuas aig taigh na h-òinsich ud
agus cha bhi e air ais gu feasgar. Thuirt e gun robh
e ga cuideachadh le uinneagan briste no rudeigin."

Bha Fionnlagh Beag feargach gun robh i
a' bruidhinn air Granaidh a' Chnuic mar seo, ach
cha leigeadh an t-eagal leis an aghaidh a thoirt oirre.

"An do dh'inns mi dhuibh an turas a bha mi a' sabaid le tìgear ann am Mosambìog?" thuirt i gu grad, i coma mu sheanmhair eile Fhionnlaigh Bhig.

"Bha tuil uabhasach air a bhith ann, agus bha na h-ainmhidhean an-fhoiseil. Thàinig an tìgear mòr a bha seo a-steach a bhroinn an taighe…"

Mus d' fhuair i crìochnachadh, dh'èigh Calum Dan, "Tha sin ceàrr! Chan eil tìgearan ann an Afraga idir!"

Ged nach robh e ro mhath air an sgoil, bhiodh athair tric a' coimhead phrògraman nàdair air an telebhisean, agus bhiodh e fhèin cuideachd a' togail chriomagan fiosrachaidh bhuapa.

Dh'fhàs coltas crosta air a' chaillich ach rinn i casad agus chùm i oirre. "Turas eile, bha mi ann an Afraga a Deas anns an Ògmhios. Bha i 42° agus cha b' urrainn dhomh cadal leis an teas…"

Leum Calum Dan gu a chasan agus lasadh na shùilean. "Chan eil sin ceart nas motha! 'S e an geamhradh acasan a th' ann san Ògmhios agus bidh i fuar, uaireannan a' dol fo ìre reothaidh air an oidhche! Eadhon as t-samhradh chan eil i uair sam bith 42° air sàillibh…"

"Dùin do chab, a bhlaigeird!" dh'èigh a' chailleach gu feargach, an caothach na sùilean

agus e follaiseach gun robh Calum Dan nas eòlaiche
na i fhèin air Afraga, ged nach robh e riamh ann.

Dh'èirich i às an t-sèithear agus rinn i air
an doras, a' phìob ghrànda na fiaclan agus an
gùn-oidhche luideach a' dol mu casan leis a' chabhaig
a bh' oirre faighinn air falbh.

Dhùin i an doras le brag agus chuala na balaich
stùirn-stàirn a casan a' dìreadh na staidhre. Cha
do mhothaich i riamh gun robh an leabhar beag
purpaidh air tuiteam oirre chun an làir, agus gun
robh Calum Dan air leum thuige 's air a chur na
phòcaid.

"Hah! Chan eil i cho gleusta 's a tha i
a' smaoineachadh!" thuirt e, fiamh-ghàire thoilichte
air aodann.

"Thèid sinn leis dhan a' hut," arsa Fionnlagh
Beag. "Ach nach neònach nach robh fios aice air
na rudan sin mu Afraga agus i air a bhith ann fad
deich bliadhna."

"'S dòcha nach robh i riamh ann," fhreagair a
charaid is e air bhioran.

Bha na balaich a' beachdachadh air an seo nuair
a chuala iad gnogadh air an doras-aghaidh. 'S ann
ainneamh a thigeadh duine a-steach dhan taigh an
taobh sa, agus chuir e iongnadh air Fionnlagh Beag
ach cò bhiodh ann.

Theab e a dhol ann an laigse nuair a dh'fhosgail e an doras.  Cò bha na seasamh air an steap ach Cailleach Clifford.

# 14

Cha robh fios aig Fionnlagh Beag dè chanadh e.
Bha e a' coimhead air Cailleach Clifford le a bheul
fosgailte, aodann a' deàrrsadh le teas, ach crith fhuar
an eagail a' dol troimhe chun an smir.

"H-h-hallò, Miss Clifford," thuirt e mu
dheireadh. "Ch-ch-chan eil mo mhàthair a-staigh."

Sheas Cailleach Clifford air an steap ga
choimhead tro a speuclairean tiugha. Bha briogais
bhuidhe Clò Hearach oirre, agus lèine thartain
fireannaich. Mu ceann bha ad uaine mar a bhiodh
air geamair, agus smaoinich Fionnlagh Beag air
dealbh de Sherlock Holmes a chunnaic e uaireigin.

Nuair a thòisich i a' bruidhinn, dh'fhairich e sradadh mìn smugaideach a' bualadh air mun aodann agus thug e ceum air ais. Chuimhnich e air na naidheachdan a bh' aig Calum Dan mu anail ghrod agus fiaclan mòra cama Cailleach Clifford.

"A bheil d' athair a-staigh?" thuirt i mu dheireadh, a' faireachas a-steach dhan trannsa mus do phut i seachad air, a' dèanamh a slighe suas dhan rùm-shuidhe far an robh Calum Dan a' feitheamh a charaid gu an-fhoiseil, is fadachd air faighinn a-mach dhan a' hut.

Leum e gu a chasan nuair a nochd i anns an doras, e a' smaoineachadh an toiseach gun robh i air tighinn às a dhèidh mun obair-dachaigh.

"M-M-Miss Clifford!"

"A Chaluim Dan," thuirt i ris gun mòran tlachd, le drèin air a h-aodann. Cha bu toigh leatha idir am peasan seo bho 1C aig nach robh ùidh sam bith ann an saidheans agus cha robh dùil sam bith aice fhaicinn an seo.

Chrom i a speuclairean tiugha gu bàrr a sròine agus choimhead i timcheall an rùim. Cha robh i a' coimhead ro thoilichte, agus chaidh gaoir tro Chalum Dan nuair a smaoinich e air na rudan a bha am falach sa bhiona a-muigh anns a' hut.

*Greas ort, Fhionnlaigh!* thuirt e ris fhèin, e
na èiginn ach dè bha a' cumail an fhir eile. Bha
Fionnlagh Beag fhathast na sheasamh aig an doras,
mìle smuain buaireasach a' ruith tro inntinn agus e
gun chomas gluasad leis an eagal.

Thug Cailleach Clifford dhith a bonaid agus
mhothaich Calum Dan gun robh a falt goirid glas
a' steigeadh an-àird air feadh a cinn. Nam biodh e
anns an sgoil, bhiodh e a' gàireachdainn 's a' magadh
oirre còmhla ri càch, ach bha e leis fhèin a-nis agus
b' e gàire an rud mu dheireadh a bha na dhùil.

"Gabh mo leisgeul, ach feumaidh mi a dhol
dhan taigh-bheag, Miss," thuirt e rithe, e coma ach
faighinn air falbh bhon a' chreutair chnàmhalach
seo air an robh leithid de ghràin aige.

Theab e Granaidh Afraga a leagail far a casan
nuair a choinnich e rithe anns an doras, ise air na
guthan a chluinntinn agus a sròn a' cur dragh oirre
ach cò bh' air tighinn a-steach.

"Tha mi marbh!" thuirt Fionnlagh Beag ris
le ràn, ga choinneachadh aig doras a' chidsin.
"Feumaidh gu bheil fios aice!"

"Ist a-nis, gabh air do shocair," arsa Calum Dan,
ga phutadh a-staigh dhan rùm is a' dùnadh an dorais.

"Tha i air tighinn a dh'innse dha mo phàrantan!

Thèid iad às an rian!" thuirt Fionnlagh Beag, ga chath fhèin air an t-sòfa.

Chan fhaca Calum Dan e riamh cho troimh-a-chèile agus bha e fhèin a-nis a' faireachdainn gu math iomagaineach, ged nach robh e airson seo aideachadh.

"'S dòcha gun tàinig i a bhruidhinn ri d' athair mu rud sgoile," thuirt e gu dòchasach.

"Cha tàinig. Cha robh i riamh roimhe a-staigh an seo," fhreagair Fionnlagh Beag gu muladach.

"'S dòcha gun tàinig i a cheannach dealbh bho do mhàthair!"

"Cha tàinig. Cha chòrdadh dealbhannan mo mhàthar rithe. Tha mi marbh gu cinnteach."

Ged nach tuirt e guth, bha dragh air Calum Dan gun robh e ceart. Cha robh an suidheachadh a' coimhead ach doirbh agus cha robh e cinnteach dè ghabhadh dèanamh.

"Ist! An cuala tu siud?" Bha Fionnlagh Beag air èirigh na shuidhe agus rudeigin air aire a ghlacadh.

Bha fuaim gàireachdainn a' tighinn às an rùm-shuidhe! Dh'èist iad gu cùramach agus cha robh teagamh sam bith ann. Bha Granaidh Afraga is Cailleach Clifford a' lasganaich aig na dhèanadh iad, e follaiseach gun robh rudeigin a' còrdadh riutha.

Ghluais na balaich na b' fhaisge air an doras
ach cha chluinneadh iad a-nis ach monmhar socair
ghuthan. Choimhead Fionnlagh Beag air a charaid,
faothachadh air aodann nach e fuaim trod a bha
tighinn às an rùm.

"Cò chreideadh e?" ars esan le iongnadh.
"'S dòcha gu bheil thu ceart, a Chaluim Dan;
's dòcha nach eil càil a dh'fhios aice!"

"Thèid sinn a-mach dhan a' hut," chagair am
fear eile air a shocair, agus fadachd air an leabhar
a leughadh a-rithist.

# 15

"'*A' toirt air ioma-ghaoth chunnartach call a dhèanamh anns gach àite — aon phuing air fhichead dha na Draoidhean,*'" leugh Calum Dan, e na shuidhe air an stòl agus an leabhar aige na uchd.

"Hah! Nach tuirt mi riut," thuirt e ri Fionnlagh Beag gu moiteil.

"'*A' toirt air gailleann-shneachda tighinn as t-samhradh — còig puingean fichead dhuinne,*'" lean e air.

"Seall dhomh sin," arsa Fionnlagh Beag, a' slaodadh an leabhair thuige fhèin gu beag-foighidneach.

"Tha seo a' ciallachadh gu bheil dà fhichead puing 's a sia an urra aca a-nis," thuirt e ri Calum Dan.

Bha esan air a dhol a-null dhan oisean far an robh e air an ceann a thoirt às a' bhiona. Bha aodach Cailleach Clifford an sin fhathast, fàileadh mì-chàilear fuaraidh a' tighinn às a-nis. Mhothaich e gun robh damhan-allaidh mòr glas air e fhèin a dhèanamh cofhurtail ann an tè dhe na brògan.

B' ann an uair sin a laigh a shùil air rud eile a thug air stad. Bha litir Cailleach Clifford aig bàrr a' bhiona. Chunnaic Fionnlagh Beag gun robh a charaid a' coimhead air a' chèis le a bheul fosgailte.

"Dè tha thu a' faicinn a-nis?" dh'fhaighnich e, ag aithneachadh gun robh rudeigin a' dèanamh dragh do Chalum Dan.

"*Miss Euphemia Clifford,*" chagair e gu socair.

"Seadh?" arsa Fionnlagh Beag. "Dè tha ceàrr?"

"*Euphemia,*" thuirt e a-rithist, a' meòrachadh gu dùrachdach air an ainm.

"Agus?" arsa Fionnlagh gu beag-foighidneach, a' feitheamh ach dè chanadh am fear eile.

"Oighrig Oillteil an Òbain!" dh'èigh Calum Dan, a' cath na litreach air ais far an d' fhuair e i agus a' dùnadh a' bhiona le brag.

"Dè tha thu a' ciallachadh?" arsa Fionnlagh Beag
's gun e a' tuigsinn dè bha ceàrr air Calum Dan.

"*Euphemia* a' Bheurla cheart a th' air Oighrig,"
arsa Calum Dan. "'Agus tha sin a' ciallachadh gur
*ise* Oighrig Oillteil an Òbain! Thàinig i a-nall a
chèilidh air do sheanmhair is fios aice nach biodh
do phàrantan a-staigh!"

Ged nach robh e ro mhath air saidheans no
air cunntais, bha tòrr aige na chlaigeann nach do
dh'ionnsaich e riamh anns an sgoil.

"Sin as coireach gu bheil i an seo an-dràsta!
Thàinig i a-nall a choimhead air do sheanmhair is
iad a' planaigeadh an ath cheum dhen fharpais!"

Dhrùidh am fiosrachadh seo air Fionnlagh Beag
agus thuig e gun robh Calum Dan ceart. Bha e
a' dèanamh ciall gu leòr nuair a smaoinich e mu
dheidhinn, ach cò shaoileadh gum biodh Cailleach
Clifford an sàs ann an rud mar seo?

"Dè eile a tha e ag ràdh?" arsa Calum Dan gu
cabhagach, a' dol a-null far an robh a chompanach
agus a' leughadh tarsainn air a ghualainn.

Bha sgrìobhadh beag snasail na caillich a' lìonadh
na duilleige agus leugh na balaich na faclan le
iongnadh:

Airson ██████████████ a dhol à sealladh –

cluas radain ✓

ite ròcais ✓

brùchd tunnaige ✓

cas circe ✓

trì boinnean fuil cuileige ✓

bleideag sneachda samhraidh ✓

sia ròineagan fada, fada ✓

♋♌□♋♍♋♎♋♌□♋
♋♌□♋♍♋♎♋♌□♋
♋♌□♋♍♋♎♋♌□♋

"Saoil dè tha sin a' ciallachadh?" dh'fhaighnich Fionnlagh Beag, a' coimhead air na comharran beaga neònach a bha fon liosta.

"Aig sealbh tha brath," fhreagair Calum Dan. "Agus saoil carson a tha strìoch mhòr dhubh tron seo?"

Bha a chorrag air an fhacal a bha Granaidh Afraga air a dhubhadh às, agus e a' feuchainn a dhìchill na bha fon loidhne dhorcha a leughadh.

"Cuiridh mi geall gun do rinn iad sin air eagal 's gum faigheadh cuideigin grèim air an leabhar," fhreagair Fionnlagh Beag. "Mar seo, chan eil fios aig duine dè tha nam beachd ach aig an dithis aca fhèin."

"Dh'fhaodadh gu bheil thu ceart," arsa Calum Dan gu gruamach. "Tha iad cho carach, seòlta."

"Cùm ort a' leughadh," arsa Fionnlagh Beag, a' dol a-null chun na h-uinneige airson dèanamh cinnteach nach robh duine a' tighinn a chòir na hut.

"'*A' chuairt dheireannach*,'" arsa Calum Dan. "'*Feumaidh gach gnìomh a bhith air a choileanadh ro mheadhan-oidhche, air an latha as fhaide. An uair sin, gleidhidh an sgioba as fheàrr an t-Slat Dhraoidheachd Òir, agus bidh i aca airson bliadhna.*'"

"Dè tha '*air a choileanadh*' a' ciallachadh?" dh'fhaighnich Fionnlagh Beag, a shùil fhathast air a' ghàrradh.

"Feumaidh iad a bhith deiseil," mhìnich Calum Dan. "Na rudan uile aca air an dèanamh."

"Agus dè tha iad a' ciallachadh le '*air an latha as fhaide*'?"

"An latha as fhaide dhen bhliadhna, cuiridh mi geall," fhreagair Calum Dan. "An 21mh dhen Ògmhios."

"Dè an deit a th' ann an-diugh?" arsa Fionnlagh Beag. "Cuin a tha sin ann, ma-thà?"

"A-màireach!" arsa Calum Dan le lasadh na shùilean. "'S e a-màireach an latha as fhaide dhen bhliadhna! Bha e air an teilidh an-diugh sa mhadainn."

"Feumaidh sinn faighinn a-mach dè tha iad a' dol a dhèanamh agus stad a chur orra," thuirt Fionnlagh Beag air a shocair.

"Agus ciamar a tha sinn a' dol a dhèanamh sin?" fhreagair Calum Dan, a' dùnadh an leabhair agus ga shìneadh air ais gu charaid. Bha dragh na shùilean agus e a' beachdachadh air dè dh'fhaodadh tachairt anns na ceithir uairean fichead a bha romhpa.

# 16

"Greas ort is ith do bhiadh, Fhionnlaigh," thuirt a
mhàthair, a' toirt sùil air a' chloc. "Seall an uair a
tha e."

Bha iad uile anns a' chidsin, athair Fhionnlaigh
ag èisteachd ri naidheachdan na maidne air an
rèidio, a mhàthair aig a' bhòrd a' dèanamh phìosan
a bheireadh iad leotha dhan sgoil. Bha a' chailleach
air an t-sòfa le muga mòr teatha, coltas oirre nach
do chaidil i ro mhath.

"A bheil ball-coise agad a-nochd?"

"Ist, gus an cluinn mi seo," ars athair
Fhionnlaigh, a' togail a làimhe ach an sguireadh iad

a bhruidhinn, agus a' cur suas am fuaim air an rèidio.

*Tha fiosrachadh dìreach air tighinn thugainn air rud cha mhòr nach gabh creidsinn,* bha fear nan naidheachdan ag ràdh. *Tha poilis Leòdhais a' rannsachadh suidheachadh cho mì-nàdarra 's a chunnacas riamh ann an eachdraidh an eilein.*

Bha an teaghlach air sgur a dh'ithe agus iad ag èisteachd gu dùrachdach ris an aithisg. Bha eadhon a' chailleach air an cupa teatha aice a leigeil às, sgraing air a h-aodann is a h-aire air an rèidio.

*Nuair a dh'èirich muinntir Leòdhais an-diugh,* lean e air, *cha robh sgeul air Clachan Chalanais! Thuirt Seonaidh Ailean MacLeòid, neach-labhairt bhon Chomhairle, gun robh iad ann a-raoir ach nach robh aon dhiubh rim faicinn nuair a dhùisg am baile madainn an-diugh. Thuirt e gu bheil muinntir a' bhaile cinnteach nach b' e ioma-ghaoth an-dè a dh'fhalbh leotha. Tha aon rud cinnteach, agus 's e sin nach fhacas riamh a leithid. Bheir sinn tuilleadh fiosrachaidh thugaibh mar a gheibh sinn e…*

Rinn athair Fhionnlaigh Bhig fead ìosal agus chuir e dheth an rèidio. "A bheil cuimhn' agad air an turas a chaidh sinne gu Tursachan Chalanais?" thuirt e, a' coimhead air a mhac a bha trang a' smaoineachadh air na bha sgrìobhte anns an leabhar bheag phurpaidh.

"Tha," fhreagair Fionnlagh Beag mu dheireadh. "Tha iad faisg air an taigh aig Antaidh Dolaidh, agus tha iad coltach ri Stonehenge. Tha iad uabhasach aosta, nach eil?"

"Còrr is ceithir mìle gu leth bliadhna a dh'aois," fhreagair athair gu fiosrachail, "agus tha iad nas sine na Stonehenge, Fhionnlaigh. Nas sine na pioramaidean na h-Èipheit cuideachd. A h-uile bliadhna, bidh sluagh mòr a' siubhal a Chalanais airson èirigh na grèine fhaicinn air an latha as fhaide."

"Làrach eachdraidheil cho prìseil 's a tha san dùthaich," thuirt a mhàthair, a' crathadh a cinn. "Cha ghabh e bhith."

Bha Fionnlagh Beag fhathast a' coimhead air a sheanmhair. Ged a shaoil leis an toiseach gur e ise agus Cailleach Clifford a bu choireach ris an rud a thachair ann an Leòdhas, bha e a-nis a' cur teagamh ann oir bha e follaiseach nach robh i idir air a dòigh.

"Pah!" dh'èigh i gu greannach. "Tòrr chlachan gun fheum. Chan ionndrainn duine iad."

"Ach saoil dè thachair dhaibh?" arsa màthair Fhionnlaigh Bhig, 's gun i a' toirt feart air a' chaillich.

"Chan eil rian gun deach an goid. Tha iad cho mòr is cho trom agus tha a leithid ann dhiubh!"

"Cia mheud clach a th' ann?" dh'fhaighnich Fionnlagh Beag, agus e a' feuchainn ri cuimhneachadh air saor-làithean an t-samhraidh ceithir bliadhna air ais.

"Thathar ag ràdh nach gabh iad cunntais, ach chan eil mi fhèin a' creidsinn gu bheil sin fìor," fhreagair athair, a' cur air a thaidh agus a' togail leis na pìosan aige. "Tha còrr is leth-cheud ann co-dhiù, chanainn."

"'S e cùis-iongnaidh a th' ann gun teagamh," ars a bhean, a' sìneadh phìosan Fhionnlaigh Bhig thuige fhèin agus a' toirt dha pòg.

"Siuthad, feumaidh sinne cabhag a dhèanamh," thuirt athair, a' coimhead air uaireadair agus a' cur aghaidh air an doras. "Cluinnidh sinn tuilleadh an-diugh fhathast, no 's neònach leam."

Bha fadachd air Fionnlagh Beag faighinn dhan sgoil agus e an dòchas gum biodh Calum Dan innte an-diugh. Thug e sùil eile air Granaidh Afraga san dealachadh. Bha a h-aodann ag innse dha gur iad Draoidhean a' Chinn a Tuath a bu choireach ris an rud mhìorbhaileach a bh' air tachairt ann an Leòdhas.

# 17

Mus robh a' mhadainn seachad, bha fios aig a h-uile duine anns an sgoil mun rud a bh' air tachairt ann an Calanais. Cha robh sgeul air Cailleach Clifford na bu mhotha, agus chuir seo iongnadh air a h-uile duine ach air Fionnlagh Beag is Calum Dan.

Leig Flakey leotha naidheachdan a' BhBC a chur air anns a' chlas aige, e a' cumail sùil gheur air an doras mus tigeadh an ceannard gun fhiosta dha. Bha na seallaidhean a bh' air an teilidh doirbh an creidsinn.

Bha luchd-naidheachd bho gach ceàrnaidh air cruinneachadh ann an Leòdhas airson an sgeul annasach a sgaoileadh. Còmhla riutha, bha eòlaichean ainmeil is luchd-saidheans, ach cha robh iadsan ach a' tachas an cinn agus a' coimhead air a chèile cuideachd.

Bha na balaich air aontachadh coinneachadh anns a' hut, agus 's ann an seo a lorg Calum Dan a charaid nuair a ràinig e fhèin is Seoc, beagan às dèidh chòig uairean.

"Chan eil sgeul air Granaidh Afraga nas motha," dh'inns Fionnlagh Beag dha cho luath 's a nochd e anns an doras. "Choimhead mi air cùl an t-seada agus chan eil sgeul air an sguaib aice."

"Saoil dè tha iad ris?" thuirt Calum Dan. "Chan eil Cailleach Clifford uair sam bith far na sgoile. Nach neònach gun robh i dheth an-diugh?"

"Feumaidh sinn an leabhar a lorg a-rithist," fhreagair Fionnlagh. "Ma tha sinn a' dol a dh'fhaighinn fhreagairtean, 's ann an sin a bhios iad."

Bha Seoc trang a' crathadh earbaill, e a' comhartaich an-dràsta 's a-rithist is e a' gabhail ealla ris na balaich, mar gum biodh e a' tuigsinn gun robh rudeigin sònraichte a' tachairt.

Bha an taigh sàmhach nuair a chaidh iad a-steach, ach gun robh fuaim rèidio a' tighinn às an stiùidio, agus bha fios aig Fionnlagh Beag gun robh a mhàthair trang a' cur crìoch air dealbh. Bha athair fhathast anns an sgoil.

Gu socair, chaidh iad suas an staidhre agus sheas iad ag èisteachd taobh a-muigh rùm na caillich. Bha an doras rud beag fosgailte ach cha robh sgeul air duine. Mhothaich iad an ceann mionaid no dhà gun robh dranndan ìosal a' tighinn às an rùm, agus ged a bha an t-eagal air Fionnlagh Beag, phut e an doras le chois is chaidh e a-steach.

Chunnaic e sa bhad gur ann bho sgaoth de chuileagan gorma a bha am fuaim a' tighinn. Bha an rùm tiugh leotha, agus iad air an tàladh leis an fhàileadh ghrod a bha a-nis a' tighinn gu shròin. Bha Seoc a' sgiùganaich aig bàrr na staidhre, e a' diùltadh a dhol na b' fhaide agus coltas an eagail na shùilean.

*"Phew!"* arsa Calum Dan nuair a nochd e air a chùlaibh, a làmh mu bheul is an samh gràineil gus a leagail. "Tha e coltach ri uighean groda. Tha mi a' faireachdainn bochd!"

Ma bha an rùm troimh-a-chèile mu thràth, bha e na bu mhiosa buileach a-nis. 'S gann gun gabhadh e creidsinn gur e rùm caillich a bh' ann, leis na bha de sgudal is de threallaich is de dh'aodach salach air a chàrnadh anns gach oisean.

"Dhiamh! Tha seo nas miosa na bothag-chearc Granaidh," arsa Calum Dan, dath geal air aghaidh is e a' feuchainn a dhìchill gun cur a-mach.

Bha dùn de thruinnsearan salach air uachdar na ciste-dhràthraichean agus bha botail is tionaichean falamh sgapte air feadh an ùrlair. Bha dùil aig Calum Dan gun robh an rùm aige fhèin bun-os-cionn ach 's ann a bha e eireachdail an taca ris an seo.

"Seall!" arsa Fionnlagh Beag, a' leum a-null chun na leapa far an robh an leabhar beag purpaidh na laighe air a' chluasaig.

"Stad!" dh'èigh Calum Dan, a' spìonadh an leabhair bho charaid. "Tha e neònach gun do dh'fhàg i e air uachdar na leapa ann an àite cho follaiseach. Tha i fada ro sheòlta airson mearachd dhen t-seòrsa sin a dhèanamh. Bha i airson 's gun lorgadh sinn e."

"Ach, tha sinn air a leughadh mu thràth is cha do thachair càil dhuinn," fhreagair Fionnlagh Beag, a' spìonadh an leabhair air ais agus ga fhosgladh.

Anns a' bhad, thòisich bìogail neònach a-staigh fon leabaidh. Choimhead na balaich air a chèile agus dhùin Fionnlagh an leabhar gu cabhagach.

"Dè bha siud?" chagair e. Cuide ris a' chiad fhuaim, bha a-nis sgrìobadh cruaidh a' fàs na bu

làidire 's na bu làidire. Sgrìobadh a bha a' cur dearg
eagal am beatha air na balaich. Thòisich Seoc
a' comhartaich a-muigh.

"Tha rudeigin a-staigh fon leabaidh!" chagair
Calum Dan air ais, gaoir a' dol troimhe is e
a' cuimhneachadh air na bha air tachairt dha mu
thràth san rùm sa.

Mus d' fhuair e an còrr a ràdh, nochd luch bheag
ghlas a-mach fon leabaidh. Às a dèidh thàinig tèile,
agus an uair sin tèile! Ann an deich diogan, bha còig
eile ann, agus an uair sin deich eile, agus an ceann
mionaid bha na ceudan dhiubh a' dòrtadh a-mach
air feadh an àite, iad a' ruith seachad air a chèile nan
cabhaig, a' bìogail 's a' sgiamhail 's iad a' taomadh a
dh'ionnsaigh an dorais mar gun robh iad nan teine.

Leig Fionnlagh Beag ràn às, is a trì dhiubh
air ruith seachad air a bhròig. Bha Calum Dan
a' stampadh a chasan, a' feuchainn ris na creutairean
beaga a' spadadh, ach bha iad ro ghleusta air a shon
agus iad a' dèanamh air an doras nan deann. Bha
Seoc bochd gus a dhol às a rian aig bàrr na staidhre,
e a' burralaich mar mhadadh-allaidh air a dhroch
leòn.

*Tha seo mar rudeigin a thachradh ann am film,*
smaoinich Fionnlagh Beag ris fhèin, e a' leum air

uachdar na leapa gus an do theich gach tè dhe na creutairean glasa a-mach gu bàrr na staidhre.

"Dè tha sibh a' dèanamh shuas an sin?" chuala iad màthair Fhionnlaigh Bhig ag èigheach gu cas bho bhonn na staidhre. "Tha fios agaibh glè mhath gu bheil agam ris an dealbh seo a chrìochnachadh a-nochd! Bithibh sàmhach!"

Chlisg Fionnlagh is e a' feitheamh ris an sgread nuair a chitheadh a mhàthair na luchainn. Ach an ceann greise chuala na balaich doras a' bualadh le brag agus thuig iad gun robh i air a dhol air ais dhan a' stiùidio.

Cha mhòr gum b' urrainn dhaibh an sùilean a chreidsinn nuair a chaidh iad a-mach gu bàrr na staidhre. Cha robh aon luch ri fhaicinn! Ged a shiubhail na balaich thall 's a-bhos is anns gach oisean, creutair glas cha robh ann. Na bu neònaiche buileach – agus fada na bu mhiosa – cha robh sgeul air Seoc na bu mhotha.

# 18

"Air m' onair, Fhionnlaigh," arsa Calum Dan,
"ma nì iad càil air Seoc, marbhaidh mi iad! Bha còir
againn a bhith air an leabhar fhàgail dùinte."

Bha Calum Dan gus a dhol às a chiall, uair a thìde
a-nis air a dhol seachad bhon a chaill iad an cù agus
iad air an taigh a thoirt às a chèile ga lorg. Cha robh
fios aig Fionnlagh Beag dè chanadh e ris.

"Theich e dhachaigh, cuiridh mi geall," fhreagair
e gu dòchasach, ged nach robh e idir cho cinnteach.
"Togaidh e ceann, fuirich gus am faic thu."

Bha na balaich nan suidhe air leabaidh Fhionnlaigh
Bhig, an aire air gluasad bho na cailleachan grànda is

an cuid chleasan chun na h-abhaige bige air an robh
gaol mòr aca le chèile.

"A bheil sinn a' dol a choimhead anns an
leabhar a-rithist no nach eil?" thuirt Fionnlagh Beag
mu dheireadh. "Tha an ùine a' dol seachad agus
feumaidh sinn rudeigin a dhèanamh."

Shlaod Calum Dan an leabhar beag purpaidh
a-mach às a phòcaid. "Leugh thusa e, ma-thà,"
thuirt e gun mòran tlachd na ghuth agus e ga chath
gu charaid. Bha dragh air mu Sheoc agus bha e air
a shunnd a chall.

Mus d' fhuair Fionnlagh Beag air fhosgladh,
chuala iad fuaim a thug orra stad le chèile. Bha fòn
a' seirm an àiteigin faisg air làimh, agus nuair a
chaidh iad a-mach gu bàrr na staidhre, thuig iad
gur ann às rùm na caillich a bha e a' tighinn. Air an
socair, chaidh iad a-steach.

Bha fòn beag dubh air sòla na h-uinneige, e
a' seirm 's a' seirm gun ghuth air stad. Choimhead
na balaich air a chèile, gun iad ro chinnteach dè
dhèanadh iad. Mu dheireadh, phut Calum Dan
Fionnlagh Beag a-null thuige, e a' dèanamh soidhne
ris a thogail.

"H-hallò," thuirt e le crith na ghuth.

*"Sin thu! Oighrig an seo!"* chuala iad guth
Cailleach Clifford ag ràdh.

Theab Fionnlagh Beag am fòn a thilgeil chun an làir leis an eagal, ach an uair sin mhothaich e gun robh i air cumail oirre a' bruidhinn, gun fhios aice nach b' e a sheanmhair a bh' air taobh eile na loidhne.

*"Am faca tu an rud a rinn an dà amadan ud?"* lean i oirre, is i gus sracadh a' gàireachdainn. *"Mas fhìor gun toireadh iad air Tursachan Chalanais a dhol à sealladh! Ha ha! Uill, nach robh e air na naidheachdan an-dràsta: tha na clachan air tilleadh — ach tha iad a-nis ann am Barabhas!"*

Bha Cailleach Clifford cho trang a' gàireachdainn 's nach do mhothaich i nach robh Fionnlagh Beag ag ràdh guth.

*"Draoidhean a' Chinn a Tuath — NEONI!"* dh'èigh i le lasgan mòr eile. *"NADA, ZIP, ZERO, ZILCH!*

*"A-nis, feumaidh tusa cabhag a dhèanamh aig a' cheann sin, agus nì mise an rud eile an seo. Nach e an saoghal a gheibh an SHOCK a-màireach nuair a chì iad an rud a tha sinne a' dol a dhèanamh! A bheil thu an sin? Hallò?"*

"Th-tha," arsa Fionnlagh Beag le crith na ghuth.

*"'S e DEICH boinnean a tha dhìth ort, agus chan e a trì. A bheil thu a' tuigsinn? Chan obraich e mura dèan thu ceart e!"* dh'èigh an tèile mus do chuir i sìos am fòn.

"Fosgail an leabhar," arsa Calum Dan air a shocair.

Rinn Fionnlagh Beag mar a chaidh iarraidh air, ach cha robh sgeul air aon fhacal a bha sgrìobhte ann mu thràth. Thionndaidh e gach duilleag bhàn gu faiceallach, gus an do ràinig e an tè mu dheireadh anns an leabhar, far an robh sgrìobhadh beag snasail às ùr.

A' toirt air Clachan Chalanais gluasad a Bharabhas
– 0 puing dha na Draoidhean

A' toirt air A' GHRÈIN a dhol à sealladh –
An t-Slat Dhraoidheachd Òir dhuinne!

Cha robh fios aig Calum Dan dè chanadh e. Bha seo fada na bu mhiosa na bha e an dùil, ach cha robh e cinnteach dè ghabhadh dèanamh.

Smaoinich e airson mionaid mus tuirt e, "Feumaidh sinn do sheanmhair a lorg agus stad a chur oirre. Chan eil rian gu bheil i fada air falbh."

"Feumaidh sinn cabhag a dhèanamh," dh'aontaich Fionnlagh Beag, e a' stobadh fòn Granaidh Afraga na phòcaid agus a' dèanamh air an doras.

"Ach thuirt Cailleach Clifford nach obraicheadh an rud ceart às aonais deich boinnean de rudeigin," chuimhnich Calum Dan le beagan dòchais na ghuth. "Agus chan eil càil a dh'fhios aig do sheanmhair air an sin!"

"Tha thu ceart. Bha sin anns an leabhar," arsa Fionnlagh Beag. "Fuil rudeigin, tha mi a' smaoineachadh. Ach chan eil cuimhn' agam dè bh' ann."

"Fhad 's nach e fuil coin a bh' ann," thuirt Calum Dan gu gruamach agus e a' leantainn a charaid sìos an staidhre.

# 19

Cha robh na balaich ach air ceann an taighe a ruighinn nuair a chuala iad rudeigin a thug orra stad. Bha monmhar ìosal a' tighinn bho chùl an t-seada, agus thuig iad anns a' bhad gur e Granaidh Afraga a bh' ann. Bha i ag aithris rann air choreigin, ach cha dèanadh iad a-mach buileach dè bha i ag ràdh.

Air an corra-biod, ghluais iad na b' fhaisge air an fhuaim, agus cha b' fhada gus an robh iad a' faireachas air a' chaillich bho thaobh eile a' bhalla.

Bha i na suidhe air seann phlaide le leabhar beag dubh na h-uchd. Air an talamh ri taobh bha botal beag dearg às an robh ceò liath a' dòrtadh. Bha e

follaiseach bho a gnùis nach robh cùisean a' dol gu
math dhi. An-dràsta 's a-rithist, thigeadh sradag
mhòr orains às a' bhotal agus leigeadh a' chailleach
leum aiste, a' brunndail fo h-anail agus a' tionndadh
nan duilleagan gu cabhagach.

"Greas ort is fòn thugam, Oighrig!" chuala
iad i ag ràdh, agus am botal a-nis a' plubadaich
's a' tormanaich gu bras.

"Chan eil càil a dh'fhios aice gun do dh'fhàg i am
fòn anns an rùm," chagair Calum Dan air a shocair
ri Fionnlagh Beag.

Stad a' chailleach gu grad agus thug i sùil
chabhagach timcheall oirre.

"Cò tha siud?" dh'èigh i gu greannach, a' leum
gu a casan agus a' cur car dhen bhotal aig an aon àm.
Ann an trì diogan, bha a h-uile druthag a bha na
bhroinn air traoghadh chun na talmhainn, agus cha
robh air fhàgail ach làrach steigeach purpaidh air an
fheur.

Thòisich a' chailleach a' bocadaich leis an fheirg,
i a' speuradh agus ag èigheach aig àirde a claiginn.

"Dash it is daingit! O mo chreach, mo chreach!
Obh, obh! Murtaidh Oighrig mi gu cinnteach!"

Bha srannanaich uabhasach a' tighinn às
a' bhotal, a bha a-nis air chrith agus sruth de cheò

uaine a' tighinn às. Mus d' fhuair a' chailleach dad
a dhèanamh, ghrad-leum e dhan èadhar, e a' falbh
mar rud beò air feadh a' ghàrraidh. Chunnaic na
balaich glumag de cheò bhuidhe a' tighinn às, mus
do dh'èirich e dhan adhar agus a rinn e air na speuran
mar pheileir à gunna.

Chan fhaca Fionnlagh Beag no Calum Dan
riamh a leithid. Bha iad a' feuchainn ris a' bhotal
a leantainn le an sùilean, ach bha e a' siubhal cho
luath ri rocaid, agus cha b' fhada gus an robh e air a
dhol glan às an t-sealladh, gun chàil air fhàgail ach
drithlinn airgeadach shuas am measg nan sgòthan.

Chunnaic Fionnlagh Beag gun robh a sheanmhair
air tuiteam chun na talmhainn, deòir na sùilean
agus i a' coimhead claoidhte. Cha mhòr nach do
dh'fhairich Calum Dan e fhèin truas air a son airson
mionaid, agus i cho muladach, sàraichte. An uair sin,
chuimhnich e air Seoc beag bochd agus dh'fhairich e
fearg às ùr ag èirigh na bhroilleach.

Leum e gu a chasan agus mus b' urrainn do
Fhionnlagh Beag stad a chur air, bha e thall far an
robh i, a' maoidheadh oirre 's a' trod rithe.

"Dè rinn thu ris a' chù agam?" dh'èigh e gu
fiadhaich. "Thusa as coireach nach eil sgeul air
agus tha mise ga iarraidh air ais! Tha thu grod agus
grànda!"

Choimhead Granaidh Afraga air Calum Dan mar gum b' e boiteag a bh' ann. Cha tuirt i guth airson mionaid, ach bha e follaiseach gun robh i gus spreadhadh leis an droch-nàdar. Le ràn mòr eagalach, rug i air amhaich air, ga thogail far na talmhainn 's ga chrathadh gu cruaidh bho thaobh gu taobh gus an robh fhiaclan air chrith.

"Thusa, a thrustair, as coireach ris an seo!" dh'èigh i, a' toirt sgailc chruaidh dha an taobh a chinn. "Chan eil annad ach droch isean! Mhill thu a h-uile càil orm nuair a dhòirt mi am botal!"

Bha a dà làimh mu amhaich agus i ga liodraigeadh cho cruaidh 's a b' urrainn dhi. Bha Calum Dan bochd gus a bhith air a thachdadh, agus bha eagal air Fionnlagh Beag gun robh a sheanmhair a' dol ga mharbhadh.

"Stad!" dh'èigh e ann an guth cruaidh, cumhachdach, ged nach robh e idir cinnteach dè b' urrainn dha dhèanamh airson a charaid a chuideachadh.

Chlisg Granaidh Afraga nuair a chuala i a ghuth, ach leig i às Calum Dan agus thuit e na chlostar chun na talmhainn. Bha e a' casadaich 's a' sgòrnaich, dath purpaidh air aodann is e a' feuchainn ri anail a tharraing.

Bha lasadh olc a-nis ann an sùilean na caillich agus rinn i gàire ìosal fhuar a chuir gairiseachadh tro na balaich. An uair sin, bhuail i a boisean ri chèile agus chuala Fionnlagh Beag am brag mòr a b' eagalaiche a chuala e riamh na bheatha.

Nuair a thug e sùil, cha robh sgeul air a sheanmhair no air Calum Dan. Bha uspagan de cheò gheal mun cuairt air, agus far an robh a charaid air a bhith, cha robh ach dùn aodaich le muncaidh beag donn na sheasamh air a mhuin.

# 20

Bha Fionnlagh bochd air chrith leis an eagal agus cha robh fios aige dè dhèanadh e.  Às aonais a charaid cha robh e idir cho misneachail, agus bha a chridhe na bheul nuair a chrùb e sìos chun a' chreutair mholaich leis an aodann bheag phinc.

"An tu tha siud, a Chaluim Dan?" thuirt e mu dheireadh.  Cha robh e cinnteach dè seòrsa muncaidh a bh' ann, ach bha gibeagan geala a' fàs air mullach a chinn agus cha bu mhotha e na fichead òirleach a dh'fhaid.

*Nam biodh tu fhèin an seo, bhiodh fios agad dè seòrsa muncaidh a bh' annad,* smaoinich e. *Dè tha mi a' dol a dhèanamh a-nis?*

"A Chaluim Dan! A bheil thu ga mo chluinntinn?"

Choimhead am muncaidh air ais gu dùrachdach. An uair sin, thionndaidh e a cheann chun a' gheata, ag èisteachd gu cùramach ri fuaim a bha air aire a ghlacadh.

Thuig Fionnlagh Beag le uabhas gur e càr athar a bh' ann a' tilleadh dhachaigh. Bha e anmoch a-nochd, ach uaireannan bhiodh e fhèin agus Flakey a' dol airson gèam snucair às dèidh na sgoile.

Cho luath ris a' ghaoith, rug e air a' mhuncaidh agus ruith e leis a dh'ionnsaigh na hut. An uair sin, chuimhnich e gun robh aodach Chaluim Dan fhathast na shìneadh anns an fheur, agus gu cabhagach thill e air ais ga iarraidh. Le chridhe na bheul, dh'fhosgail e doras na hut agus chath e an creutair beag donn a-steach, a' tilgeil nam piullagan aodaich às a dhèidh.

Bha athair a' glasadh a' chàir nuair a thàinig e a-mach, a bhaga-sgoile aige fo achlais agus e a' coimhead ann an deagh shunnd.

"Sin thu, Fhionnlaigh. Càit a bheil Calum Dan a-nochd?"

"B' fheudar dha falbh dhachaigh. Tha obair-dachaigh aige airson saidheans."

Thuirt e a' chiad rud a thàinig gu a bheul, oir bha anail na uchd agus bha e a' faicinn gun robh am muncaidh a-nis air sreap dhan uinneig. Bha e taingeil gun robh druim athar ris a' hut.

"Uill, uill," fhreagair athair le gàire. "Calum Dan a' dèanamh obair-dachaigh! Dè an ath rud!"

"Tha eagal a bheatha aige ro Chailleach Clifford."

"Tha agus agam fhèin!" thuirt athair le gàire eile, mus do stad e gu grad agus rudeigin air aire a ghlacadh.

"Dè bha siud?"

"Dè?"

"Am fuaim ud – dè bh' ann? Ist! Siud e a-rithist."

"Chan eil mise a' cluinntinn càil," thuirt Fionnlagh Beag ann an guth àrd, ach fios aige glè mhath dè bha athair air a chluinntinn.

Bha am muncaidh a-nis a' leumadaich suas agus sìos anns an uinneig, e a' godail ris fhèin agus e far a dhòghach gun deach a ghlasadh a-staigh. Mhaoidh Fionnlagh Beag ris e sgur, agus le drèin air aodann, leum an creutair beag air ais chun an làir.

"'S dòcha gur e an rèidio aig Mam a tha sibh a' cluinntinn," thuirt Fionnlagh Beag. "Tha i a' cur crìoch air dealbh."

"Bha mi deimhinne gun cuala mi rudeigin a-muigh an seo." Chrath athair a cheann. "Ach uill, 's fheàrr dhomh a dhol a-steach. Tha mi 'n dòchas gu bheil do ghranaidh air a dhol a chadal."

"Chan eil i a-staigh," arsa Fionnlagh Beag le gàire. "Chan eil fhios agam càit a bheil i, ach tha greis bhon dh'fhalbh i."

"Nach math sin! Gheibh mi an teilidh a choimhead leam fhèin. Feuch nach bi thu ro fhada agus sgoil ann a-màireach. Tha e gu bhith naoi uairean."

Thill Fionnlagh dhan a' hut, far an robh am muncaidh a-nis na shuidhe air an stòl le coltas greannach air aodann.

"Tha mi duilich, a Chaluim Dan," arsa Fionnlagh Beag ris, gun e buileach cinnteach dè eile a chanadh e. "A bheil thu ceart gu leòr?"

Chrath am muncaidh a cheann ach cha tuirt e guth. Bha e ga gheur-amharc le a shùilean beaga uaine, mar gum biodh e a' guidhe ris rudeigin a dhèanamh.

Dè chanadh pàrantan Chaluim Dan nan deigheadh e dhachaigh mar seo! Chaidh gaoir troimhe a' smaoineachadh air. Cha robh Fionnlagh

Beag riamh a' faireachdainn cho troimh-a-chèile agus bha e na èiginn ach dè dhèanadh e.

Fhad 's a bha e a' beachdachadh air an seo, thòisich am muncaidh a' leumadaich suas is sìos, e a' cabadaich ris fhèin agus e follaiseach gun robh rudeigin ga bhuaireadh. Chrom Fionnlagh Beag sìos thuige.

"Dè th' ann?" dh'fhaighnich e. "Dè tha ceàrr?"

Leum am muncaidh chun an làir agus ruith e a-null chun a' chùirn aodaich a bha Fionnlagh Beag air a thilgeil dhan oisean. An dèidh mionaid no dhà a' rùileach, chunnaic e gun robh grèim aige air fòn Chaluim Dan.

Ann an dà dhiog, bha e air ais air muin an stòil, e trang a' taidhpeadh air an sgrion le a chorragan beaga preasach.

Thàinig gàire gu aodann Fhionnlaigh Bhig nuair a thuig e an rud a bha e a' dèanamh. Ged nach robh cothrom labhairt aige, bha e comasach gu leòr air sgrìobhadh, agus leum a chridhe nuair a chunnaic e na faclan a bha air an sgrion:

HA FON GRANY AFRICA AGAD. CUIR FISS
GU CALLACH KLIFORD. CAN RITHE A
DHOL DHACHIE.

Cha robh Calum Dan riamh math air litreachadh, ach bha Fionnlagh Beag air a dhòigh gun robh e cho gleusta. Bha e a' tuigsinn glè mhath na bha na rùn. Nan gabhadh iad toirt a chreidsinn air Cailleach Clifford gun robh Granaidh Afraga air a h-uile càil a dhèanamh ceart, 's dòcha gum biodh e ro anmoch nuair a gheibheadh i a-mach gun robh iad air a car a thoirt aiste!

Thug Fionnlagh Beag fòn a sheanmhar à pòcaid a bhriogais agus cha b' fhada gus an robh e air an àireamh a bha e ag iarraidh a lorg. Smaoinich e greis mus do sgrìobh e:

A H-UILE CÀIL SGOINNEIL AN SEO, OIGHRIG! RINN MI E! FAODAIDH TU A DHOL DHACHAIGH DHAN LEABAIDH. ☺

Cha robh aca a-nis ach feitheamh. Bha Fionnlagh Beag air bhioran, agus e ag ùrnaigh gun creideadh Cailleach Clifford gur e a sheanmhair a bh' air am fios a chur thuice. Chaidh e a-null chun na h-uinneige. Bha i a' fàs beagan na bu duirche a-muigh, ach chitheadh e a' ghrian fhathast anns an adhar.

Bha am muncaidh na shuidhe air muin a' chucair thall anns an oisean, e a' feuchainn ris a' ghas a thionndadh air agus slios lof aige na làimh.

Leum Fionnlagh Beag nuair a chuala e am fòn a' seirm. Bhrùth e am putan.

**CÀIT A BHEIL THU? AN DO RINN THU NA DH'IARR MI ORT? AN DO DH'OBRAICH E? THA MI A' TIGHINN A-NALL.**

Bha am muncaidh a' leumadaich suas is sìos a-nis, e a' sgiamhail aig na dhèanadh e agus coltas luathaireach air. Spìon e am fòn bho làmhan Fhionnlaigh Bhig agus thòisich e a' taidhpeadh.

**FOOIRICH FAR A BHEIL U. THA A HUILA CAIL OK.**

Mus do mhothaich Fionnlagh Beag do mhearachdan litreachaidh a' mhuncaidh, bha e ro anmoch agus bha e air an teachdaireachd a chur air falbh. 'S math a dh'aithnicheadh Cailleach Clifford an sgrìobhadh cugallach, agus 's math a thuigeadh i cò bh' air a chùlaibh. Cha b' fhada gus an cuala e fuaim càir a' tighinn na dheann a dh'ionnsaigh an taighe, agus a thuig e cò bha ga dhràibheadh.

# 21

Leum Cailleach Clifford a-mach às a' chàr, sgraing air a h-aodann agus i gus a dhol às a ciall leis an droch-nàdar. Bha Fionnlagh Beag a' faireachas oirre a-mach air an uinneig, crith na ghlùinean agus e a' cluinntinn ceumannan a coise a' tighinn nas fhaisge air a' hut. Leum am muncaidh air uachdar a' chucair le ràn. Chuala Fionnlagh Beag e a' dèanamh braim agus dh'aithnich e gun robh a cheart uimhir a dh'eagal airsan.

Chlisg iad le chèile nuair a dh'fhosgail an doras le brag.

An ath mhionaid, bha Cailleach Clifford na seasamh an sin mar leòmhann mòr greannach air an robh ceann goirt.  Bha gùn fada glas oirre sìos gu sàilean, agus mu ceann bha ad bhiorach mar a bh' air Granaidh Afraga an oidhche a chunnaic Fionnlagh i a' falbh air an sguaib.  Bha na speuclairean tiugha aice sìos mu sròin agus bha i a' coimhead timcheall na hut le a sùilean mòra feargach.

"Càit a bheil i?" thuirt i mu dheireadh ann an dranndan ìosal, mosach.  "Càit a bheil do sheanmhair?"

"Ch-ch-chan eil càil a dh'fhios a'm," fhreagair Fionnlagh Beag gu fìrinneach.

"Sibhse a' smaoineachadh gun cuireadh sibh stad oirnne!" dh'èigh i le ràn, a' toirt sgailc dhan a' mhuncaidh mun chluais a thug air tòiseachadh a' sgiamhail 's a' sgreadail aig àirde a chlaiginn.  Leum e gu bàrr an dorais, e air chrith agus e a' suathadh taobh aodainn gu bras.

"Th-th-tha mi duilich, Miss Clifford," arsa Fionnlagh Beag, eagal air gun tòisicheadh i airsan a-nis.  Bha e ag ùrnaigh gun cluinneadh athair 's a mhàthair am fuaim agus gun tigeadh iad a-mach às an taigh.

Mar a bu trice, cha robh dragh air a phàrantan cuin a thigeadh e dhachaigh, fhad 's nach robh e ro anmoch buileach. Bhiodh a mhàthair a' call a suim nuair a bha i trang a' peantadh, agus 's iomadh uair a chaidh e dhan leabaidh 's i fhathast anns an stiùidio. Feumaidh gun robh athair na chadal air beulaibh an teilidh.

"Tha ùine agam fhathast crìoch a chur air an rud air an do thòisich mi," arsa Cailleach Clifford le gàire olc. Shaoil Fionnlagh Beag gun robh i às a rian. Thug i botal beag bìodach a-mach às a pòcaid, agus mhothaich e gun robh a làmhan air chrith. Chunnaic e an uair sin le uabhas gur e fuil a bha na bhroinn.

Aig an dearbh mhionaid, thàinig fuaim gu a chluasan a thug air coimhead timcheall le iongnadh. B' e fuaim nan clagan-gaoithe a chuala e an latha a lorg e an leabhar beag purpaidh a bh' ann, ach càit às an robh e a' tighinn cha dèanadh e a-mach.

"*Fhionnlaigh Bhig MhicFhearghais, na gabh dragh, na gabh dragh!*" chuala e na chluais. "*Theirig a-mach dhan ghàrradh leatha! Siuthad! Siuthad! Greas ort!*"

Anns a' bhad, dh'aithnich Fionnlagh an guth beag annasach a bha a' sanas ris, agus thug e sùil air Cailleach Clifford ach an robh ise ga chluinntinn

cuideachd. Bha i a' brunndail rithe fhèin ann an guth
ìosal, i a' feuchainn ris an sgrìobhadh air a' bhotal a
leughadh, agus thuig e gun robh e sàbhailte gu leòr.
Dh'aithnich e gun robh am muncaidh ga chluinntinn
ge-tà, oir bha e air fàs idrisgeach a-rithist agus e air
leum air ais dhan uinneig.

Bha e a' feuchainn ri ciall a dhèanamh dhe na
faclan nuair a chuala iad uile brag mòr faramach
a-muigh, a thug air a' mhuncaidh leum le ràn gu bàrr
an dorais a-rithist. Choimhead Cailleach Clifford
suas le iongnadh, agus bha e follaiseach nach robh
càil a dh'fhios aicese na bu mhotha dè bh' ann.

An uair sin, dh'fhairich iad uile fàileadh làidir
tombaca, agus cha b' fhada gus an do thuig iad cò
bha a-muigh sa ghàrradh.

# 22

Nuair a chaidh iad a-mach, bha Granaidh Afraga na sìneadh air an talamh, an sguab bhuidhe ri taobh agus i air a briseadh na dà leth.  Bha i ag ochanaich 's ag achanaich agus a' suathadh a druim.

"Obh, obh, mo chnàmhan!  Bhuail mi ann an gèadh air mo rathad a-nuas!"

Mhothaich Fionnlagh Beag gun robh itean air feadh a' ghàrraidh, ach cha robh sgeul air an eun a rinn an cron air a sheanmhair.

"Càit an robh thu, òinseach thu ann!" dh'èigh Cailleach Clifford, gun truas sam bith aice dha

bana-charaid a bha a-nis a' feuchainn ri faighinn gu
a casan.

"Ciamar air an aon saoghal a leig thu leis an dà
bhlaigeard seo làmh-an-uachdair fhaighinn ort?"
lean i oirre, a sùilean a' lasadh le feirg agus sradadh
mìn de smugaidean a' tighinn às a beul leis
a' chabhaig a bh' oirre bruidhinn.

Bha Granaidh Afraga a-nis air a casan, a' phìob
dhubh aice eadar a fiaclan, agus ged nach robh i ag
ràdh facal, bha e aithnichte gun robh i fhèin cho
feargach ris an tèile.

Bha dùil aig Fionnlagh Beag gun robh iad a' dol
a thòiseachadh air sabaid. Leum am muncaidh air a
ghualainn, e fhèin a' smaoineachadh an dearbh rud,
agus e dhen bheachd gum biodh e na bu shàbhailte
mar a b' fhaide air falbh bhuapa a chumadh e.

"Seall an uair a tha e!" lean Cailleach Clifford
oirre. "Cha mhòr gu bheil ùine air fhàgail againn!
Nach iad Draoidhean a' Chinn a Tuath a bhios
air an dòigh a-nochd! Bha fios a'm nach robh còir
earbsa sam bith a bhith agam annad!"

"Dùin do chab, a ghloic ghrànda thu ann!"
dh'èigh Granaidh Afraga agus i air bhoil. "*Thusa*
rinn a' mhearachd leis an fhuil. *Thusa* as coireach
nach do dh'obraich e! Mi fad deich bliadhna a' cur

an ìre gun robh mi ann an Afraga, agus mi ag obair a latha 's a dh'oidhche air an seo anns an dump àite bha siud!"

"Uill, dè mu mo dheidhinn-sa?" dh'èigh Cailleach Clifford air ais. "Agam ri bhith ann an sgoil ghrànda còmhla ri leisgeadairean nach gabhadh ionnsachadh! A' cosg m' ùine air experiments gun chiall agus a' ceartachadh obair-dachaigh nach gabhadh leughadh!"

Thug Fionnlagh Beag sùil air a' mhuncaidh agus cha b' ann air a dhòigh a bha e. Na h-uaireannan a thìde dhe bheatha a chosg Calum Dan bochd air obair-dachaigh saidheans! Bha e do-chreidsinneach dha nach robh ùidh sam bith aig Cailleach Clifford anns an sgoil.

"Ach bha ùine gu leòr agad coimhead tro na seann leabhraichean gheasan, agus bha thu ann an rùm-saidheans mòr snog leis a h-uile goireas fon ghrèin. *Ach* cha do rinn thu a' chùis air!"

Bha na cailleachan cho trang a' trod agus nach do mhothaich iad gun robh Cailleach Clifford a-nis na seasamh air an làraich steigich phurpaidh far an do dhòirt botal Granaidh Afraga na bu tràithe, agus gun robh ceò liath ag èirigh suas mu a casan.

*"Fhionnlaigh Bhig, Fhionnlaigh Bhig!"* chuala e an guth a-rithist na chluais. *"Fuil cuileige, fuil cuileige! Seachd boinnean eile, sin na tha dhìth!"*

Mar an dealanach, leum am muncaidh sìos chun na talmhainn agus a-null gu Cailleach Clifford, a' spìonadh a' bhotail às a làmhan mus d' fhuair i stad a chur air. Ann am priobadh na sùla, bha e air a' cheann a thoirt às, agus le uabhas, dh'aithnich Fionnlagh Beag dè bha e a' dol a dhèanamh.

Dhòirt e seachd boinnean fala às a' bhotal, agus cho luath 's a bhuail iad an talamh, chaidh an gàrradh agus a h-uile càil timcheall orra dubh dorcha. Chan fhaiceadh Fionnlagh Beag càil airson mionaid, agus bha eagal a bheatha air gun robh am muncaidh air na cailleachan a chuideachadh leis an rùn oillteil aca a choileanadh.

Thòisich Cailleach Clifford ag èigheach 's a' sgiamhail. Bha am fuaim a bha i a' dèanamh cho uabhasach 's gun robh Fionnlagh Beag cinnteach gun tigeadh a phàrantan a-mach às an taigh. Le brag, las an oidhche ann an solas geal dealanaich, agus rinn Fionnlagh Beag a-mach cruth neulach Cailleach Clifford airson dà dhiog mus deach i à sealladh anns a' cheò neònach liath a bha a-nis a' còmhdach a' ghàrraidh air fad.

A cheart cho luath 's a thàinig e, dh'fhalbh an
dorchadas, agus chunnaic Fionnlagh Beag nach robh
air fhàgail anns a' ghàrradh ach e fhèin, a sheanmhair
agus am muncaidh. Far an robh Cailleach Clifford
air a bhith na seasamh, cha robh ach bròg mhòr
dhubh is ceò ghlas ag èirigh aiste.

Choimhead Fionnlagh Beag air a sheanmhair,
gun fhios aige dè dhèanadh i a-nis. Bha greann
air a h-aodann agus i a' dèanamh ionnsaigh air
a' mhuncaidh, mar chat fiadhaich a' sealg a chreich.

"Thusa, a chreutair ghroid thu ann!" dh'èigh i
ris. "A thrustair ghrànda, a mhill a h-uile càil orm!
Pronnaidh mi thu an turas seo le cinnt!"

Ach bha am muncaidh ro shùbailte air a son.
Mus d' fhuair i grèim air, leum e air a druim, e a' cur
fhiaclan gu domhainn ann an cùl a h-amhach agus ga
bìdeadh le a chorragan beaga biorach. Leig i sgread
aiste a bha ri chluinntinn air taobh thall a' bhaile,
agus cha robh fios aig Fionnlagh Beag ciamar air an
aon saoghal nach robh duine a' tighinn a-mach às an
taigh.

Bha a sheanmhair a' dol mu seach air feadh
a' ghàrraidh, am muncaidh ga bualadh le a dhà bhois
a-nis agus a cheart uimhir a chaothach air fhèin.
Mu dheireadh, leig e às i, agus an dèidh dha aon

sgleog eile a thoirt dhi mun aodann, ruith e gu
taobh eile a' ghàrraidh, far an do leum e dhan chàr
aig Cailleach Clifford agus a rinn e às a-mach air
a' gheata is suas an rathad-mòr, e a' dùdach 's a
smèideadh gus an deach e à sealladh.

Airson mionaid, cha do ghluais Granaidh
Afraga. Bha i na seasamh an tacsa na hut, a làmhan
air a glùinean is i a' feuchainn ri a h-anail fhaighinn
air ais. Shaoil Fionnlagh Beag gun robh i air
dìochuimhneachadh gun robh esan anns a' ghàrradh
cuideachd, agus cha leigeadh an t-eagal leis guth a
ràdh mus mothaicheadh i dha.

Mu dheireadh, chuir i a' phìob ghrod air ais na
beul, thug i maidse às a pòcaid, agus rinn i air a' hut,
i ag ochanaich gu dubhach. Cho luath 's a dhùin i
an doras, thàinig an ath stramais.

Chaidh sàmhchair na h-oidhche a sgoltadh le
brag mòr sgairteil agus shaoil Fionnlagh Beag airson
mionaid gun robh boma air a dhol dheth am broinn
na hut. Le a bheul fosgailte agus a chridhe a' bualadh
gu faramach fiadhaich na bhroilleach, chunnaic e gun
robh an doras a-nis am meadhan a' ghàrraidh agus gun
robh an uinneag na mìle sgealb air an talamh ri thaobh.

Chaidh e a-null air a shocair agus nuair a
choimhead e a-steach, chunnaic e gun robh toll mòr

anns a' bhalla. Bha an t-àite tiugh le ceò agus cha
robh sgeul air Granaidh Afraga. Chunnaic e gun
robh an cucair na phìosan air feadh an làir, agus an
uair sin chuimhnich e gun robh am muncaidh air an
gas a chur air dìreach mus tàinig na cailleachan.

Choimhead e timcheall air le uabhas, a' toirt
fa-near gun robh a' hut agus a h-uile càil a bh' innte
a-nis gun fheum. Thill e a-mach dhan ghàrradh,
deòir na shùilean is e a' cuimhneachadh air na
h-amannan toilichte a bh' aige fhèin is Calum Dan
is Seoc bochd na broinn. Bha e cinnteach nach
fhaiceadh e a dheagh charaidean gu bràth tuilleadh.
Le osna mhòr mhuladach, shuidh e air an fheur, e air
a shàrachadh agus gun fhios aige dè dhèanadh e.

Bha e cho trang a' smaoineachadh air na rudan
seo agus nach do mhothaich e an toiseach dhan
fhuaim a bha a' tighinn a-nuas an rathad. Bha
an càr uaine a-steach an geata mus do thuig e dè
bh' ann, agus le aoibhneas na chridhe, chunnaic e
gun robh Calum Dan aig an stiùir agus Seoc còir
anns an deireadh!

# 23

"Air m' onair, Fhionnlaigh, bha eagal mo bheatha
orm. Bha mi a' smaoineachadh gum bithinn mar siud
gu bràth tuilleadh," arsa Calum Dan le faothachadh
na ghuth. "Cha b' urrainn dhomh bruidhinn riut,
ged a bha mi a' feuchainn mo dhìchill."

Bha Seoc a' crathadh earbaill agus a' leumadaich
suas is sìos, e cho toilichte Fionnlagh Beag fhaicinn
a-rithist.

"Am faca tu aodann Cailleach Clifford nuair a
thàinig i a-steach dhan a' hut?" arsa Fionnlagh Beag
le gàire. "Bha dùil agam gun robh i a' dol ga do
mharbhadh!"

"Thug i tamair math dhomh mun chluais, an trais i ann," thuirt Calum Dan, a' suathadh taobh aodainn a bha fhathast goirt. "Ach bha do sheanmhair na bu mhiosa."

"Seall a' hut," thuirt e an uair sin. "Dè chanas d' athair anns a' mhadainn?"

"Feumaidh mi innse dha mun chucair gas. Bidh an caothach air. Tha e an-còmhnaidh a' bruidhinn mu dheidhinn Health and Safety. Thèid e às a rian!"

"Nan innseadh tu dha dè thachair cha chreideadh e thu," arsa Calum Dan. "Cha chreideadh duine sam bith na rudan a th' air tachairt dhuinne!"

"Ach tha mi coma seach gu bheil thu fhèin is Seoc ceart gu leòr," thuirt Fionnlagh Beag le gàire.

"Tha an sgoil a' dùnadh an-ath-sheachdain," arsa Calum Dan. "Dh'fhaodadh sinn a' hut a chàradh ma thogras tu — tha fad nan saor-làithean againn. Tha seann uinneagan air cùl taigh mo sheanar agus 's dòcha gun leig e leam tè dhiubh fhaighinn."

Smaoinich Fionnlagh Beag air an sgoil agus bha e toilichte nach biodh Cailleach Clifford innte tuilleadh.

"Saoil dè thachair dhi?" thuirt Calum Dan, mar gun robh e a' leughadh a smuaintean, a' coimhead a-null air a' bhròig dhuibh a bha a-nis na cnap glas luaidhe ann an còrnair a' ghàrraidh. "A bheil thu a' smaoineachadh gu bheil i marbh?"

"Cò aige tha fios," fhreagair Fionnlagh Beag. "Ach cuimhnich nach bi obair-dachaigh saidheans agad gu bràth tuilleadh dhi!"

Rinn Calum Dan gàire nuair a thuig e gur e an fhìrinn a bh' aig a charaid.

"Seall an uair a tha e!" thuirt e mu dheireadh, ag èirigh gu a chasan. "Feumaidh mi a dhol dhachaigh no chan fhaigh mi a-mach gu bràth tuilleadh. Trobhad, a Sheoc!"

B' ann an uair sin a mhothaich na balaich gun robh an cù a' cladhach am measg an tramasgail a bh' air fhàgail dhen a' hut, e a' crathadh earbaill gu dealasach agus e follaiseach gun robh e air rudeigin a lorg.

Nuair a chaidh na balaich a-null, bha an leabhar beag purpaidh na laighe am measg an sprùillich, e fosgailte aig an duilleig mu dheireadh. Sgrìobhte ann an litrichean beaga snasail Granaidh Afraga bha na facail:

Airson toirt air Oighrig Oillteil an Òbain spreadhadh dha na speuran – 50 puing do Fhionnlagh Beag is do Chalum Dan

"'S e sgrìobhadh do sheanmhar a tha seo!" arsa Calum Dan le iongnadh. "Feumaidh nach do thachair càil dhi nuair a spreadh a' hut."

Cha robh fios aig Fionnlagh Beag dè chanadh e. Ri taobh an leabhair, bha slat bheag ghleansach òir, ribean dearg air a cheangal timcheall oirre gu snasail.

Bha toileachas na chridhe nuair a choisich e chun a' gheata còmhla ri charaid. Sheas iad airson mionaid, a' coimhead a-mach chun na mara, far an robh a' ghrian a' cromadh dhan a' mhuir mar bhall mòr òir anns an àird an iar.

"Fuirichidh sinn gus a-màireach airson coimhead air an seo," arsa Calum Dan le mèaran mòr sgìth. "Chan fhuilear dhuinn beagan fois fhaighinn an-dràsta, ach tha mi a' smaoineachadh gu bheil samhradh glè inntinneach air thoiseach oirnn!"

♋ ♌ ▢ ♋ ♍ ♋ ♎ ♋ ♌ ▢ ♋ = abracadabra!